钟灵毓秀

ZHONG LING YU XIU

吴敏达长体清懿诗集

吴敏达/著

苏州大学出版社

图书在版编目(CIP)数据

钟灵毓秀:吴敏达长体清懿诗集/吴敏达著. --苏州:苏州大学出版社,2017.4
ISBN 978-7-5672-2075-1

Ⅰ.①钟… Ⅱ.①吴… Ⅲ①诗集－中国－当代 Ⅳ.①I227

中国版本图书馆 CIP 数据核字(2017)第 059158 号

书　　名:	钟灵毓秀——吴敏达长体清懿诗集
著　　者:	吴敏达
策划编辑:	刘　海
责任编辑:	刘　海
装帧设计:	吴　钰
出版发行:	苏州大学出版社(Soochow University Press)
出 品 人:	张建初
社　　址:	苏州市十梓街 1 号　邮编:215006
印　　刷:	苏州工业园区美柯乐制版印务有限责任公司
E-mail:	Liuwang@suda.edu.cn　　QQ: 64826224
邮购热线:	0512-67480030
销售热线:	0512-65225020
开　　本:	700 mm×1 000 mm　1/16　印张: 20.25　字数: 363 千
版　　次:	2017 年 4 月第 1 版
印　　次:	2017 年 4 月第 1 次印刷
书　　号:	ISBN 978-7-5672-2075-1
定　　价:	158.00 元

凡购本社图书发现印装错误,请与本社联系调换。服务热线: 0512-65225020

前　言

《钟灵毓秀》诗集是我在10年时间里陆续写成的,它集合了中国优秀的文化资源,并运用长体清懿诗体中的多种格式,对情景实物进行了比较完整的描述和赞美,读者通过诗作,不仅能够品赏到诗情韵味,而且还能够获悉所咏景物的具体内容及文化内涵,增长知识,从而对中国的世界文化遗产有一定的了解。

就我个人而言,我特别崇尚中国的文化,她给我们带来了无限的乐趣和愉悦。中国五千年的文化积淀,使我们得到了丰富而宝贵、灿烂且多彩的文化财富,使我们的精神世界具有了无比丰裕和雍容自豪的富足感。

如果您是一位外国友人,您一定会被诗集中所描绘的景物深深地吸引,您一定会愈发地爱上这些美丽的山村和那些瑰丽的文化艺术,您会爱恋上中国。

为了使诗集中所描绘的景物真实生动,我细心地查阅了多方面的资料,有的景物我还去实地核对,实物比较,可以说诗集比较真实地反映了中华文化遗产的现状及其对人文的影响。可喜的是,中华盛世给传统文化创造了一个继承和发展的良好环境;各景区和各项文化艺术在各地政府的大力支持下得到了很好的保护和修缮,并积极地开拓出充满活力的新内容,补充和提升了传统文化的艺术内涵和欣赏品质,使当代青年能更好地接收、亲近、喜爱上传统文化,并使之焕发出新的生命力。

长体清懿诗词,是我自创的一种仿古借今的新体,它具有很好的表述、描写、记事、抒情、显微、立意和立说的功能。新体采用我自编的新韵表(在本书末附有新韵表)。本诗词体牌名清懿,旨在为读者提供一个干净高洁、崇德尚品的诗境,使读者拥有一种轻松安逸、身心超越的感觉。

本诗集是一帖解郁提神、悦情馈力的心理良药,适合每个家庭,适合各个人群。当您有片时闲暇,或心情有些郁闷不快时,翻开来读上几首诗,您就会眼前豁亮,会被诗中那绚丽的景物所陶醉,会感到心旷神怡、淡定舒畅,然后就会把那些烦恼不快的事看得轻淡,看得渺小,从而使心情愉悦。阅读这本诗集还可以得到中国传统文化的熏陶和滋养,从而使精神更加健壮、强奕。

本诗集是一位导游,可作为读者亲手操持、实地游访的参考。诗集中的诗篇大都是景物实写,读者欣赏和品读时会有身临其境之感。诗集包括山水篇、苏州园林篇、杭州西湖风光篇、无锡寻幽篇、北京古迹篇、上海风情篇、古镇水乡篇、工艺美术篇、戏曲乐器篇、花卉篇、中国古典言情名著新编、外国古典名著新编、校园励志篇,并附有词作篇。每当您打开诗集阅读,就如同开启了一次欣悦的中国文化游和中华文字游。丰富的内容和秀丽的景物,一定会打动您的心灵,并使您从中感悟到人生的快乐和意义。

文化是先人们用智慧和劳动创造、积累起来的。中华传统文化博大精深,玉丰妙硕,这部诗集所描写的只是其中的一小部分。中华文化艺术是伟大的,中华民族是伟大的民族,华夏大地上的美丽山川是永恒的。

此诗集精装本为限量版,待精装本发行完毕后将出版发行平装本。这部诗集出版以后,我还有环球行词的梦想,望请大家支持。

愿此部诗集能成为您生活中的伴侣,使您身心愉悦,体魄健康,更好地投入学习和工作中,以积极良好的心态与环境和谐,与人和谐,与社会和谐。

最后,祝您好好地享受生活,享受精湛的中华文化艺术带给您的快乐和幸福。

吴敏达
2017 年 3 月 10 日

目　录

拙政园逸步　/ 1
狮子林趣步　/ 4
留园雅步　/ 7
网师园幽步　/ 10
艺圃悠步　/ 13
耦园眷步　/ 15
西湖漫游　/ 17
西湖十景　/ 19
西湖新廿景　/ 20
龙井问茶　/ 22
寄畅古园　/ 24
多情蠡园　/ 26
梅园韵圃　/ 28
游太湖鼋渚　/ 30
周庄河街行　/ 32
同里河街行　/ 34
甪直河街行　/ 36
朱家角河街行　/ 38
枫泾河街行　/ 39

乌镇河街行　/ 41
西塘河街行　/ 43
东山春在雕花楼　/ 45
石公山十八景　/ 47
西递风情　/ 48
宏村风貌　/ 50
丽江古城　/ 52
阳澄湖歌　/ 54
南湖诗书情　/ 56
俪人登泰山　/ 58
黄山奇峰　/ 59
庐山怡情　/ 61
井冈山丽景　/ 62
张家界峰林　/ 64
九寨沟彩池　/ 66
黄龙彩池　/ 68
颂黄河　/ 69
漓江风光　/ 72
赞长江　/ 74

尚梅咏 /77
幽兰吟 /79
俊竹曲 /80
秀菊调 /81
碧荷谣 /83
香桂令 /85
牡丹歌 /87
尺树盆景 /89
姑苏觅芳 /91
晔圃春语 /93
大美鸟林 /95
吴门画派 /97
富春山居 /99
清明上河 /101
粉墨丹青 /104
书法师祖 /106
丝绸绢艺 /108
苏绣风采 /110
龙凤瓷 /111
神州茶 /113
宜兴紫砂壶 /115
和田玉珺 /116
寿山田冻石 /118
明清家具珍赏 /120
礼乐青铜器 /123
折扇风韵 /127
竹木毓婉 /128

绝活手工艺 /130
北京风筝 /132
京剧魅艺 /134
曼婉昆曲 /136
弹词妍艺 /138
紫檀二胡 /140
帖膜竹笛 /142
红酸枝琵琶 /144
大叶紫檀古筝 /146
乐圃撷秀 /148
诗情十二钗 /152
故宫卓览 /154
颐和园熙闻 /156
北海公园熙闻 /158
天安门观礼 /160
登长城 /163
香山览胜 /164
游圆明园 /165
熙兜长风公园 /166
熙兜森林公园 /167
熙兜世纪公园 /168
熙兜闸北三泉公园 /170
熙兜方塔园 /171
熙步古猗园 /172
熙逛七宝老街 /174
上海十二景 /175
娟恋曲 /177

崇明生态园 / 178
翠横金沙 / 180
长兴歌 / 181
江南造船厂记 / 182
中秋节绮怀 / 184
中华民族一家人 / 186
江岸中秋 / 187
江火红天际 / 188
毕业曲 / 189
学子行 / 191
校园忆 / 193
学程忆 / 195
《牡丹亭》记诗 / 196
《拜月亭》记诗 / 199
西厢记诗 / 203
双玉记诗 / 208
双蝶记诗 / 213
秋香三笑记诗 / 216
《荆钗》记诗 / 220
五娘记诗 / 225
娇红记诗 / 231
风筝误弄记诗 / 236
《珍珠塔》记诗 / 240
《金扇缘》记诗 / 244
艾丝美拉达传诗 / 249

《皆大欢喜》传诗 / 254
格蕾琴与浮士德传诗 / 259
萨拉夫人传诗 / 262
《钦差大臣》传诗 / 265
《樱桃园》传诗 / 269
《华伦夫人》传诗 / 273
《玩偶之家》传诗 / 277
破瓮传诗 / 281
《威尼斯商人》传诗 / 284
费加罗传诗 / 288
朱丽叶与罗密欧传诗 / 292
小史勒密尔传词 / 296
唐璜二次赴宴传词 / 298
卡内汉传词 / 300
《嫫娜娃娜》传词 / 302
甘文华怀词 / 304
高家春游怀词 / 306
学生盖茨议词 / 308
马斯诺娃茶词 / 310
祥子记词 / 312
吴敏达长体清懿诗体
　韵表 / 314

作者小传 / 315
后记 / 316

拙政园逸步

姑苏娄门拙政园，淡泊疏朗立意牌。
通幽入胜兰雪堂，漆雕园景随梦来。
缀云联壁太湖石，迎客鞠立骄阳晒。
荷叶田田芙蓉榭，丽石婷婷红绸盖。
八角攒尖天泉亭，井水源源童颜猜。
精雕门扇秫香馆，蚕谷双收茶香外。
森郁居高放眼亭，山川村田入胸怀。
萍藻浮绿涵青亭，垂钓无念思停载。
名香高洁玉兰堂，翠山秀泉墨潮湃。
四面楼亭品茗曲，评弹昆曲多调派。
移景中园倚虹亭，鹅池塔影照仙泰。
荷上轻步双曲桥，牛郎织女下凡来。
海棠花坞小庭院，湖石天竺写意摆。
芭蕉花窗听雨轩，潇雨声声落玉块。
波光翠竹绿漪亭，山水乡路入画来。
天下第二玉泉井，甘露名人留字楷。
窗纹壶题玲珑馆，冰清玉洁心地白。
牡丹竞放绣绮轩，阳春三月送悦快。
幽庭方窗嘉实亭，浓香枇杷清音再。
山峦葱翠待霜亭，六面红橘枝头摘。
梧竹幽居清风爽，山水明月乐自在。
雪香白梅云蔚亭，鸟鸣蝉噪身世外。
凭轩望水远香堂，树茂叠峰阔平台。
临池依竹倚玉轩，灵璧雅石胜景采。

亭在荷中四面风，人在亭中心花开。
廊桥飞虹踏云彩，流水恰似千里海。
登高远眺见山楼，一池碧波心田溉。
荷清香馨藕香榭，笔墨行楷添文采。
淡雾轻风香洲船，似觉非觉舟楫摆。
烟波浩瀚去野航，不觉已过千道寨。
青池碧水小沧浪，静心读书始成才。
听松水阁四面窗，飞檐高翘仿松柏。
奇峰峭壁雅石趣，志清意远心境开。
碑文篆字书精湛，匾额楹联韵似海。
柳荫路曲步自迈，别有洞天门自开。
池畔拽开扇子亭，风情脉脉诗开怀。
红杏出墙宜两亭，两园风光惹人爱。
荫凉幽默小笠亭，耳闻渔翁笑蔼蔼。
绿水浮映倒影楼，竹画佳诗名人拜。
曲折起伏长水廊，凌波踏水似飘带。
雨打枯荷留听阁，深秋淅淅来年再。
古盆奇桩园中园，舞枝弄叶千姿态。
爱池睡莲鸳鸯馆，灿若披锦五艳彩。
浓淡红白茶花馆，绚丽柔美春满宅。
梳风理气正冠戴，延月借明心清白。
清芬奕叶蔚胤代，惠圃栽梦花欣开。
风绽桃紫显神采，露香枫红见气概。
延爽纳凉坐书斋，迎旭来薰登峰台。
若娇门下创客帅，触类旁通将云摘。
衍奥门下者徘徊，撰著生妙获登载。
一门双额不见怪，过者皆从创苑来。

天窗唯顾垦学偲,天机唯笑拓释猜。
百折不挠仿婶伯,攻难克题茁智孩。
磨砺不掷闺淑钗,修炼不失俊贤态。
琼峰顶上浮翠来,双层阁楼受青睐。
池见鸳鸯喜毵毸,树闻莺燕歌安泰。
拾阶而上廿步踩,登高远眺无屏碍。
追梦彩筝越瑷碨,状元行令巧遇睐。
一股灵风卷片来,一笺古纸空中摆。
拽来扫视又放去,过目不忘记心怀。
心态优良宜近挨,雍姿淡定言表蔼。
思路清晰无疑埃,方向明确不摇摆。
为人谦和施惠爱,胆大心细缝络脉。
勤读开拓壮能才,奋研创新揭谜盖。
科技创新如奇柏,文化创新似瑷碨。
哲策创新同甜霭,观念创新比泉濑。
意志坚定如松柏,处世中和为人楷。
担当有为受爱戴,不骄不躁不懈怠。
疏朗隽秀拙政园,旷远明瑟玉地块。
悠悠古韵拂面腮,奕奕生机催进迈。
地借波心弓半开,梢天尺距仅三百。
开春江山如有待,百花竞绽奉精彩。

2007 年 12 月 8 日

狮子林趣步

森峰花园狮子林,楼台金碧摆设精,
历史悠久古迹寻,峰树入画甚怡心。
云林逸韵大正厅,苍松图上松傲挺,
云雾缭绕入挂屏,一双铜狮快乐浸。
燕誉堂里鸳鸯厅,屏门挂落内外行,
篆刻撰文记狮林,太湖奇石百狮形。
半厅彩窗半透明,明代巨砖不变形,
方厅虽小窗大型,蜡梅山林相辉映。
九狮峰石逼真形,憨态可掬声可听,
琴棋书画漏窗景,海棠门洞主院进。
揖峰指柏轩大梡,红木桌椅皆古形,
诸葛鼓面十二星,红梅柏石画中迎。
听雨楼上品香茗,龙井碧螺汤醇清,
香花小桥入假山,石松飞檐如仙境。
太湖石叠假山群,磴道上下谷峰岭,
穿洞越桥如迷阵,石品洞天尽玩心。
水殿风来花篮厅,花窗格纹形如冰,
亲水平台观假山,狮群狮舞狮山临。
古五松园赏花厅,屏门画框松苍劲,
英姿飒爽画中题,古松潇洒愈年轻。
金碧辉煌真趣厅,雕梁画栋为词情,
水面薄雾轻缥缈,假山桥亭湖中隐。
曲桥相连湖心亭,微风拂袖心神定,
翠盖红花水碧清,山桥轩舫倒水影。

飞瀑亭里涛声听，瀑布哗哗流不停，
绮窗春讯问梅阁，诗画梅桩人梅亲。
双香仙馆石上亭，观梅赏藕美心灵，
扇亭静坐听松涛，豁达开朗舒胸襟。
飞虹拱桥石板青，接驾古桥伴古杏，
湖心小岛别风情，紫藤曲廊浓绿荫。
轻盈水阁修竹谷，小溪小湖幽宁静，
方形楼阁卧云室，飞檐高翘六角顶。
立雪堂里尊师情，楹联名诗拜唐寅，
石趣庭院观石狮，牛蟹玩耍博狮睛。
长廊壁嵌书条石，笔锋飘逸字秀劲，
红梅花枝插花瓶，清雅温馨人欢欣。
石舫顶上登高望，山水柳藕如诗吟，
波光粼粼乘风去，姑苏水巷迎友邻。
暗香疏影楼上行，赏胜叙旧观窗景，
问梅撰书与感触，抒情叙事合客心。
观念微差如丝缨，践行甚错千里径，
怡颜悦话中和理，读释合璧至确明。
循曲导幽巧设岭，仍恋乍探结仙情，
身居狮山难解迷，俯瞰了然全透映。
望之若神堪逸伶，苍松翠竹扮旦青，
狮窟石上笑对棋，采悠博弈皆有赢。
柳絮池塘春暖林，藕花风露霄凉近，
飞阁诵波别样式，听香读画意创新。
择日创客偕游林，附题加释聘语婧，
小婧滔滔点分明，情怀大开乐众宾。
得其环中苑门额，释时小婧动真情，

小婧亦慕创苑客,须臾酌诗敬片心。
激励壮志健身心,发奋刻苦博识秉,
大胆心细生智灵,善释着纲超睿劲。
扎实步骤付辛勤,贡献卓绝折桂菁,
届时香影凭谁记,亦化梅枝插花瓶。

2012 年 3 月 21 日

留园雅步

碧池一泓水清幽,黄石峰峦气浑厚,
百年古木参天侯,轩亭楼房环四周。
古木交柯令回眸,青柏山茶互挽搂,
百年好合共携手,相敬相爱不回头。
绿荫轩前景开阔,满园山水眼底收,
翠柳紫藤春天秀,古杏灿黄歌金秋。
恰航石舫不系舟,碧波涟漪水中游,
明瑟楼上观云彩,白云朵朵天上走。
涵碧山房阔三间,框上画荷乐悠悠,
亲水平台荷近凑,红花翠盖如丝绣。
闻木樨香轩名久,桂树丛生香中秋,
池中蓬莱小泽洲,廊屋粉墙水影皱。
飞檐六角小可亭,古杏相伴翘昂首,
山中板桥物古久,桥下山涧潺潺流。
花街东头远翠阁,览胜佳处画笔勾,
朵云石峰明代留,花台浮雕九石有。
清风池馆小水榭,曲桥藤廊俪影俦,
波光潋滟斜阳柔,明月照镜露妮羞。
五峰仙馆楠木厅,宽敞豪华古雅筹,
天井湖石形如猴,得缍书斋紫檀守。
林泉耆硕鸳鸯厅,典雅红木精雕镂,
媪伯游园小憩处,达官人家孝依旧。
婷婷玉立冠云峰,太湖奇石一品优,
直立孤崎为皱瘦,贯通隐脉为漏透。

瑞云岫云和冠云,峰名取自三妮妞,
老爷酷爱三孙女,张冠李戴将乐逗。
冠云楼里茗香诱,碧螺春茶香溢口,
冠云亭小立峰后,依山傍水巧静休。
冠云台里匾额留,古人安知鱼乐否,
佳晴喜雨快雪亭,美石相伴无孤忧。
大理石画巨插屏,山水瀑月石上构,
鱼化古石难得瞅,石上小鱼石中游。
曲溪楼里步慢走,窗框门洞景胜幽,
西楼长窗通天井,石峰牡丹伴夜昼。
又一村里盆景展,清秀多姿引眼球,
蔓藤长廊石柱架,景随人移看不够。
山涧水阁活泼泼,鸢飞鱼跃林密稠,
漫山枫林两小亭,至乐舒啸趣相投。
曲廊壁嵌书条石,名帖笔锋显劲道,
揖峰轩里古筝奏,一曲高山溪水流。
汲古得绠处学白,一份汗水一粟收,
传统文化播思畴,汲古博今哲策优。
还读我书探原由,累黍得智书中有,
草木丛里辨良莠,大海滩头识金鸥。
濠濮亭里景佳优,石凳石桌会好友,
清风和悦拂衣袖,谈工论商创业俦。
弃嚎夠虚誉同琇,娟品俊匾长远留,
德人千里逢迎秀,蔼贾远行苗宏献。
待云庵里古琴奏,悠悠古韵令飕飕,
巧与莺莺相邂逅,红娘领上状元楼。
亦不二额有新究,逆向思维不迎投,

烟雨氤氲可蒙眸,幸有忠臣一二谋。
院落折妙空间求,亭台楼堂巧合糅,
十二峰石皆灵秀,泉石花木圆乡愁。
拱桥出自鲁班手,春晓出自浩然口,
淑贤打造五千年,留得华文传胤后。

2012 年 3 月 16 日

网师园幽步

网师超逸祥云绕,山水清朗花木娇,
楼阁轩亭俊秀貌,庭院精致不觉小。
万卷堂里墨香飘,诗书挂屏四季描,
明代家具古瓷陶,诸葛铜鼓包浆罩。
竹松承茂门楼雕,藻耀高翔砖艺超,
江南第一门楼骄,绝技无双世人晓。
撷秀楼内红木耀,古雅精丽有客邀,
书朋画友客堂闹,倩诗佳画同声笑。
梯云室里落地罩,梅雀百吉细藤梢,
长窗裙板精刻雕,门外怡景花石俏。
湖石叠掇楼山高,梯云画楼有磴道,
一夜作画人未起,枕上静卧听松涛。
风来亭里赏月皓,红鱼浅底绕水草,
彩霞池水不涸冒,大雨无雨自疏导。
池中睡莲花玉皎,云岗山石伴小桥,
轩廊亭阁环四周,碧池绿水波缥缈。
竹外一枝轩更妙,秀景处处双眼饱,
花树扶疏春天到,窗画隽美去氍毹。
濯缨水阁蕴画稿,水波涟漪心开窍,
山水楼阁花树鸟,泉石轩亭古柏傲。
引静石桥如弯月,窄涧曲折泉流道,
槃涧石刻古时凿,缘墙木香花叶茂。
集虚斋里物疏廖,水墨竹画使悟敩,
弹词开篇多派调,昆曲唱段雅致高。

小姐楼上淑雅效,诗书琴画去浮躁,
笔杆床架玫瑰椅,闺房绣架针线巧。
看松读书轩声悄,名著文字细品嚼,
五峰书屋古书藏,名诗名词一目了。
四面窗厅楹联妙,泉山书画互比照,
小山丛桂四周抱,人在厅中乐陶陶。
琴室琴几摆古筝,渔歌悠扬园中绕,
古园清幽琴音袅,花好月圆度良宵。
丹枫虬枝如霞照,朱柱曲廊澹月邀,
粉墙屋宇水影倒,方亭鸭廊望曲桥。
冷泉亭顶展檐角,涵碧泉水不枯少,
庭院疏雅湖石巧,篾斋花窗透芭蕉。
殿春篾里题芍药,绰约艳丽温馨报,
春篾书斋画桌摆,大千画虎施文陶。
露华馆里品茗香,碧螺春茶披茸毛,
馆前花坛牡丹耀,翠拥天香品韵好。
闺问樵夫苦不苦,答曰甘为薪火灶,
服务人家人待我,樵风世袭栖身谣。
又问渔翁累不累,笑曰愿为烹饪勺,
人有鱼肴我得糕,渔尚祖传衍孙抱。
锁云另为省世题,世云动荡人心悸,
操戈将毁久良造,互尊互利为圣道。
锄月熙借月代表,人怀娟梦神采葆,
创新创业力不凋,待看月地万骏骉。
网师真意事渔艄,从渔兴渔先孵苗,
艄公甘为执橹桡,船头闺郎学钓鳌。
宛委盘陀上岩嶕,樵风径上步遥迢,

临艰遇险不屈挠,折桂之日当开笑。
纳贤罗才事育教,名师高徒出学佼,
英杰济济业承茂,如龙似凤腾翔高。
瓣如紫霞花容姣,坛似玉碗盛窈窕,
石榴颗颗比红桃,座当金盘呈寿肴。

2012年3月9日

艺圃悠步

文衙弄内藏艺圃，门厅曲折护内府。
东南雅室思嗜轩，品格常省无低俗。
乳鱼亭里同鱼乐，山石水阁如画布。
乳鱼桥面石板铺，人在桥上游鱼顾。
池南山石自太湖，峰峦叠嶂嶙峋图。
朝爽亭里朗声读，休憩观景目下俯。
浴鸥小池圆洞门，池中鸥俪互敬慕。
渡香板桥引静处，宁谧院落有书屋。
粉墙逶迤花石竹，园中小园名芹庐。
南斋书屋神情注，运墨挥毫撰文著。
香草居里行楷书，圆劲挺健如松树。
响月长廊临水筑，观雨赏月不出步。
爱莲窝里挂荷图，与荷同洁身清舒。
碧池翠荷娇楚楚，水湾白鸥不觉暑。
延光阁里飘茶香，水上长阁画长幅。
旸谷书堂东厢房，才子诗作有天赋。
博饪斋里藏古书，广览博学通典故。
世纶堂里会亲友，人间世事心怀淑。
东莱草堂韵古朴，典雅摆设老红木。
博雅堂里聚群贤，诗文书画尽情抒。
脊端凤头眼遐瞩，筹展靓翼长颉翥。
七十二峰隐太湖，探新觅奇享乐途。
菡萏尚红茎叶素，石榴盈盈挂吉树。
暑气偃滞临白露，清风和爽扬艺圃。

见榻小憩鹤岩处,伯侄席语声汩汩。
他姨近来肝胆痛,侄少可曾见医书?
傅饦斋里藏医卷,有幸略知一二术。
胆汁狂盛易伤肝,中医抑论有排术。
胆汁乏弱发并症,中医扶理有举术。
处方调配可治愈,是排是举酌情赋。
彩霞池水自导疏,偶尔溢涸可抽补。
池水清碧鱼游曳,喁喁鲅鲅安乐乎。
刚毅自信秉懿素,健康身心挺直伫。
中雍处世全面顾,正诚待人得众护。
既安使定食逸足,百姓乐业有居屋。
且吉且利得甘澍,百姓脱贫又致富。
以小见大奔开浦,以虚见真授奥悟。
咫尺千里见鹉鹈,迂回不尽忘归宿。
暖日繁茂荷馨拂,俪影单照摄于圃。
夏时霓裳妆闺淑,春秋旗袍靓婧姝。

2012 年 10 月 3 日

耦园眷步

玲珑秀雅湖石叠,粉墙山影花径幽。
鹤寿亭里挂松图,松鹤寓意延年寿。
织帘老屋鸳鸯厅,贤在读书淑织绸。
藏书楼里名著收,精篇典故可长瞅。
偕影双山门雕镂,客至如宾礼相酬。
载酒堂里会好友,赋诗作画甩长袖。
楼厅评弹腔糯柔,美声灵耳相邂逅。
琐春小院女眷楼,琴棋书画乱针绣。
浮玉古月峰石透,白业石峰傲骨瘦。
无俗韵轩独庭院,三峰古木清朴守。
樨廊蜿蜒通厅楼,桂花松柏沿廊秀。
倚廊半亭古诗镌,才子闺秀成佳偶。
藤花石舫岸船游,人在房中如行舟。
水乡码头登木舟,姑苏城外绿油油。
城曲草堂牵乡愁,田园耕织勤双手。
还砚斋里墨香诱,行楷篆隶传嗣后。
补读旧书有专楼,古诗古文常细究。
双照楼里品茗香,窗外船夫亮歌喉。
筠廊曲折有纱槅,山水如画赢双眸。
黄石山冈势浑厚,峰回路转登山头。
浮红漾碧鱼欣游,受月池里见豆蔻。
宛虹曲杠通山路,欲攀山巅桥上走。
望月亭里三面窗,赏月娟思心如璙。
吾爱亭里观山水,清碧涟漪峭拔岫。

听橹楼里作歇休，窗外欸乃贯耳窦。
魁星阁顶飞双檐，八个戗角翘昂首。
山水间阁水上筑，古代地罩雕三友。
耦园东园有月门，门前桃苑宛田头。
以楼环园园更幽，以水环楼楼更秀。
清风绝尘书当馐，高枕轩楹诗同酒。
又到佳时赏中秋，酿醇月圆彩灯秀。
淑贤偕登留云岫，婵娟红玉拥前后。
载酒堂里摆宴酒，淑贤盛情款好友。
匾楣为题劝诗作，醉翁之意不在酒。
问字探奥作新究，哲策明鉴不受囿。
撰著赋有造化功，蟋蟀对哲不再斗。
锁春驻暖人心悠，相尊相让结益俦。
天下安稳众所望，桑黍丰收盖新楼。
储香罗芳使园幽，佳策懿谋使宏猷。
人才犹如梅与桂，每每春秋馨悠悠。
安乐宁逸情之由，衣食住行人之求。
淡薄人家将己厚，不仁不慈非娌妯。
山水间处生睿眸，山致水韵获兼有。
仁者见山施惠举，智者见水酿新酎。
纫兰对接园中淑，小室梳语理衣鬏。
便静对接祖上贤，小宧反省将错纠。
耦园佳偶恩爱眷，真挚诚笃效织牛。
挚俪成曲传九洲，笃俦成风遍全球。

2012 年 10 月 19 日

西湖漫游

吴山峰顶登阁楼，城隍仙楼雄赳赳，
湖中琼岛如玉琇，山水城楼眼底收。
六和塔立湖南首，临涛应将谐音奏，
雷峰塔身五层楼，白娘佳话传嗣口。
于谦祠堂秋瑾墓，钱学森碑名不朽，
文化名城史远悠，钱塘自古名人稠。
白堤红桃伴翠柳，苏堤六桥连玉纽，
柳浪闻莺湖滨幽，览尽潋滟听啁啾。
竹清桂香溢书苑，学者女生静四周，
相约西子石前聚，书香弟子喜拥有。
夕照亭里双影秀，双桥戏水同挬袖，
断桥过客多情俦，白娘许仙此邂逅。
苏堤入口金龙舟，迎宾载客赐绮睐，
赏心悦目湖上游，旖旎风光饱眼眸。
西子湖上乘龙舟，幻似天物降世留，
龙眼忽闪述来由，原是月湖嫦娥友。
潮起潮落静守候，忽隐忽显迷雾走，
天赐良机现龙舟，大吉大利举杯酒。
花港观鱼靓影留，池水阵阵红油油，
湖楫长廊会亲友，女孩茄笑双指头。
三潭印月湖中守，明月高照童颜留，
水上仙子小瀛洲，牛郎织女曾逗遛。
慕才亭小立桥头，望月迎春泊舫候，
岳飞墓前秦桧跪，陷害忠良万年臭。

孤山北麓放鹤亭，梅妻鹤子书赋留，
西泠印社石章秀，篆楷镌字汇寸畴。
麓中展馆集灵秀，又见古人外交流，
风荷曲院似闻酎，莲叶田田心醉悠。
东边动水西如镜，西子动静两相守，
西子嫦娥挽红袖，天上人间织锦绣。
翠山碧水湖光秀，执橹摆楫红旗走，
欢声笑语人抖擞，似有吉事藏心头。
闻名遐迩楼外楼，佳肴飘香诱鼻窦，
偕志图鸿举杯酒，对酒当歌壮志酬。
空中彩筝欲远游，断桥不断众人流，
天堂仙景降人间，八方来客尽赏受。
人见人爱西子湖，堪与月湖称娌妯，
白傅苏公策一梦，掘沼筑堤成真秀。
人生如愿成一就，亦留芳名口碑优，
学得淑贤懿精神，卓绝造福利胤后。

2007年10月5日

西湖十景

苏堤春晓闻啼燕，柳翠桃红三月间，
风光旖旎醉心田，轻步飘然人若仙。
曲院风荷盛夏艳，粉红洁白花嫣然，
岳湖里湖桥亭连，竹苑密林绿一片。
平湖秋月外湖边，游舟往来景壮观，
亲水平台赏月圆，龙井飘香浮梦幻。
断桥残雪时冬天，阳面温暖阴面寒，
霁晨阳坡先融化，虽有凛冽心温婉。
柳浪闻莺春盎然，鸟声悦耳柳翩翩，
柳浪桥畔花烂漫，闻莺馆里茶香甜。
花港观鱼池中潜，金黄红白如泼染，
魏紫姚黄牡丹园，豪华富丽显风范。
三潭印月中秋缘，皓月湖月相依恋，
湖心瀛洲似翠钿，佳绝仙景环岛沿。
双峰插云时隐现，峻岩绝壁山路弯，
千级石磴登山巅，西湖全景收眼帘。
雷峰夕照霞光灿，青山塔影映湖面，
夕照亭里话白娘，双桥若矫凌潋滟。
南屏晚钟声悠扬，月伴西子船泊岸，
稻硕鱼丰祈瑞年，风调雨顺民之盼。

2012年2月20日

西湖新廿景

云栖竹径清幽婉,五云山上竹万竿,
千年枫香三人抱,鸟啼蝉鸣流溪泉。
满陇桂雨八月眷,金秋佳节茶座满,
桂花藕羹醇香甜,金银丹桂花丰妍。
虎跑梦泉水涓涓,龙井试泉心如淡,
清冽甘美岩中露,一股清神令焕然。
龙井问茶五品鲜,谷雨翠芽摘入篮,
炒青烘青轻揉捻,泉水冲沏香若兰。
九溪烟树十八涧,春雨绵绵飘如烟,
重峦叠嶂树茂繁,风水瑟瑟如丝弦。
吴山天风群山联,峰秀石奇古樟展,
第一峰顶如鸟瞰,西湖钱塘饱双眼。
阮墩环碧湖中见,小筑庭屋翠中掩,
幽宁朴质度假闲,品茗观景俪缱绻。
黄龙吐翠山林园,一泓清泉入水潭,
秀竹青青露笋尖,生命礼赞在春天。
玉皇飞云半空悬,石阶盘上登山巅,
一览亭里可瞩远,登云阁里可高瞻。
宝石流霞山岭连,天然屏风立北岸,
修长玲珑保俶塔,湖上美人西子伴。
灵隐禅踪依山建,古木葱郁长藤攀,
龙泓洞内一线天,飞来峰上多奇幻。
六和听涛钱塘边,潮起潮落涛不断,
月轮山上登古塔,涛声依旧耳历练。

杨堤景行多湖湾,曲折幽深六桥连,
茅乡晚霞水潋滟,斜阳画桥写意莲。
万松书缘明书院,毓秀阁外青松伴,
梁祝书房典故传,英台求学巧装扮。
岳墓栖霞精忠园,还我山河爱国坚,
手书石碑留记载,英雄事迹代代传。
梅坞春早佳茶产,炒制上品卓经验,
雨润雾绕得天厚,倾心尽致化隽纤。
湖滨晴雨沿湖岸,碧波百顷灌心田,
春雨潇潇情绵绵,绮景柔愫人忘返。
北街梦寻多景观,历史名胜沿北山,
依山傍水文化街,风情万种弄古翰。
三台云水如画片,碧漪荡漾浴鹄湾,
子久草屋见画卷,牌坊功祠忆于谦。
钱祠表忠吴越篇,历史古城先王贤,
治理钱江防水患,呵护西湖受咏赞。

2012 年 2 月 27 日

龙井问茶

云栖待,梅坞迈,
　虎跑谒,狮峰拜。
林木繁茂山青黛,岚雾缭绕近暧碛,
群峰环抱至柔怀,气候温润宜绝栽。
　高上百,道螺抬,
　龙井村,立坊牌。
沿街农家房紧挨,檐窗漂亮堂门开,
楼宅多设观景台,游人品茶先得蔼。
　甘醇溉,幽雅湃,
　香清高,人逸态。
翠绿芽上糙米彩,嫩绿汤中明亮摆,
壶口氤氲兰豆香,芳流齿颊韵溢腮。
　问大伯,怎御牌,
　答不衰,将优扎。
始唐名宋兴清代,得天独厚恩似海,
尚文懿诗助高地,人重精神世钟爱。
　谷雨前,姑妮来,
　提手摘,势娴快。
摊放一形去湿态,青锅二形抖带甩,
辉锅四形拓抓磨,收罐五形防潮埃。
　老龙井,宋题材,
　十八棵,御茶帅。
问山得路衣綷縩,汲水烹茶诗酝怀,
泉从石出情同孩,茶自峰生韵似岱。

龙井问茶

　　钱塘濑,九溪霖,
　　龙泓亭,守冠盖。
一杯春露当霞菜,两腋清风作直筷,
溪泉淙琤听天籁,林茂茶香亭奕采。
　　龙井村,习勤快,
　　盛睦待,衍助爱。
轻携电池高能耐,视信畅通车远载,
纤尘不染无污霾,高地恰是梦中寨。
　　思浦开,机智来,
　　新观念,迢迢迈。
因地制宜巧安排,续智提将品质抬,
持力打造卓越哉,倾心注致隽纤来。
　　百年槐,千年柏,
　　一日怠,根须衰。
自始至终真实在,诚信不渝立不败,
品誉至尊为后代,蔼姑唤来绝品牌。

2014 年 7 月 29 日

寄畅古园

锡惠山坳有古园,门雕吉瑞蕴婵娟。
凤谷行窝厅堂宽,远客来访同山缘。
秉礼堂里呈笑颜,人间世事对和言。
凝秀月门入内园,山水佳景入眼帘。
含贞斋里老红木,明清摆设艺精湛。
九狮台上湖石秀,惟妙惟肖形悦欢。
黄石山冈岭绵延,峰回路转绕山间。
八音涧里流清泉,涓水三叠声不断。
梅亭高筑望雪梅,冰清玉洁暗香翩。
邻梵阁里视觉远,林木葱郁妆惠山。
卧云堂里读经典,超世脱俗立云端。
三棵古樟三百年,魁伟茂密大树冠。
御亭碑上古刻镌,游园赐字有记传。
镜池清澈照蔼脸,以礼待人富诚善。
美人湖石瘦漏透,窈窕身姿立池畔。
凌云阁楼双重檐,园外街景楼上见。
先月榭里观倒影,亲水平台将胜揽。
锦汇漪池源山泉,碧水轻漾鱼游贯。
鹤步滩上树奇探,人走倚石鱼顾安。
郁盘亭里大圆台,石台石礅着棋缘。
知鱼槛里美人靠,知与不知有哲辨。
古人书碑嵌廊墙,行楷隶篆有师范。
七星板桥有护栏,池上飞渡无惊险。
大石山房飘茗香,无锡毫茶试二泉。

清篦廊桥连幽亭，人往独处不思念。
涵碧亭里小休歇，人往静处不悠闲。
嘉树堂里二胡吟，一曲化蝶幻如仙。
龙光古塔立锡山，人杰地灵乡民眷。
池奕林采明于缃，山露苔华媚若钿。
春日清泉流石涧，冬夜明月照松间。
月下双蝶飞入园，翩游梦庄心致甜。
林间终是花烂漫，寄语似濠声喃喃。
雾霾重时摘烟竿，瘟疫袭时青缟拦。
气候回暖施排减，蓄爆纵戮当收敛。
贫富互济无辛酸，强弱相助补短板。
文化交融百花艳，意识包容去极端。
互尊互利相筹攒，公平公正利分摊。
对接规划同宏建，衔接梦想同猷远。
地球微如一花园，远山近水咫尺间。
有富共享糕茶膳，有利共谋玉帛店。

2012 年 10 月 30 日

多情蠡园

春风吹,柳堤翠,
　　桃红嫣,漫步醉。
百花山房书画绘,四季亭里妙香汇,
濯锦楼里观烟雨,香桂牡丹花中魁。
　　入月门,乡田归,
　　湖碧水,山黛被。
竹林沙沙清音脆,湖边草坪青衣缀,
紫绛粉红桃花会,池边芦苇身摇醉。
　　黄石山,巧叠堆,
　　路人催,奇景兑。
邀鱼轩里赏映月,荷池清香莲舫随,
柳荫亭里观浣纱,归云峰下绕洞隧。
　　红鱼池,微波追,
　　楼榭影,倒映水。
春秋阁楼气宏恢,红蓼榭里茗香粹,
曲廊凭槛数鱼嘴,绿漪亭里梦景对。
　　蠡湖水,泽恩惠,
　　波光柔,轻浪推。
千步长廊景移随,名人碑刻书荟萃,
凝春塔立湖光瑞,晴虹烟绿榭千岁。
　　渌饮沛,青来媚,
　　烟耕蔚,雨织帷。
当年围廊有个谁,说是湖美令人醉,
湖景难迁故建廊,隔三岔五来巡廻。

　　　　西子慧,丽质馈,
　　　　娇艳最,沉鱼愧。
湖畔渔舟游蠡水,绣楼书斋神情会,
戏台唱曲敲锣槌,夷光草墅美人睡。
　　　　洗心魅,濯惑鬼,
　　　　涤尘灰,正脑髓。
草根民女智聪睿,禀赋绝伦心师会,
秉持玉觶正素籩,留芳千世立口碑。
　　　　粼粼辉,浮蠡水,
　　　　鹭曼飞,翼翃翔。
开通旅游眼福沛,运粮济食足餐配,
矿物贸易动工位,人力合作筑桥轨。
　　　　盘屿磊,旋蓊蔚,
　　　　蠡鹭慧,视明锐。
政见包容各窗帷,文化交融各芳菲,
世界和谐在懿策,杜绝蛮力夺人瑰。

　　　　　　　　2012 年 10 月 28 日

梅园韵圃

梅园坐落浒山麓,登塔可眺美鲎湖。
坡上秀梅八千株,汇就香海壮丽图。
圆门开见梅石圃,随形巧借布小筑。
琼枝风骨合一处,清雅双韵相偕扶。
红梅浸池倒疏影,一泓寒水揭春幕。
浮玉漪池映横斜,水边苔枝挂露珠。
疏影横斜水景廊,两池清浅暗香浮。
冰清玉洁池上亭,近水花萼春早读。
冷艳亭里赏婉淑,冰姿原是一羞姝。
凌寒亭旁有知梅,临近枝头春先露。
争春亭里聆梅录,零落成泥香如故。
古梅更无花态度,却留傲雪精神驻。
岁寒草堂石缘族,珍奇石展供悦目。
梅琴书屋闻琵琶,梅花三弄令信笃。
古梅奇石景名著,黄腊石上刻行书。
大化磐石巍峨矗,层峦叠嶂浓微缩。
栖霞菊石自远古,花形逼真令惊呼。
迎迓童石出太湖,礼接恭迎乐书孺。
飞龙在天灵璧石,姿态灵动正腾舞。
宜兴亮石歌盛世,圃蕴霞锦香馥馥。
探春茅亭临辰埠,自有幽香暗中渡。
梅馆壁上梅花赋,书笔纵豪出米芾。
楹联花屏挂壁柱,厅堂书斋梅韵富。
字画碑刻将情抒,咏梅尚志人生悟。

梅缘堂里褒梅人,俊愉教授出专著。
梅品基因全存库,梅学硕博有连读。
梅艺苑里展桩盆,老干新枝风姿酷。
樛曲万状却魅属,苍藓鳞皴仍娟淑。
冰雪林中着白素,一夜香发先万树。
孤高幽绝花开初,绿萼宛似空谷姝。
闺秀妆点抹淡红,谁知窗外千紫苏。
遥知圃地不是雪,为有暗香踏来路。

2013 年 1 月 28 日

游太湖鼋渚

太湖佳绝温情水,淡雾轻风细浪冲。
沫若笔处飞燕来,谒堤赏花寻谊踪。
青山红梅映碧湖,长春桥畔聆樱诵。
兰幽荷馨致尚崇,万浪桥下闻涛咏。
包孕吴越石刻颂,熔古铸今万涵容。
联璧缀云太湖石,鼋渚春涛镂玲珑。
鹿顶峰上望仙岛,渔舟梭往渡船通。
似闻唐寅来一游,百帆迷点秋香踵。
码头泊靠大客船,船还未发摄像动。
会仙廊桥如飞虹,闺俦窈窕步岛中。
山峦叠翠泉水涌,鸟语花香伴竹松。
天街跻步觉失重,云铺善候凡世众。
泥人坊里娃憨墩,惠山绝艺爱乐融。
四宝斋里展画功,丹青团扇仿唐宋。
天香楼里三白宠,湖鲜面肴添觥盅。
羽仙茶楼茗香浓,太湖翠竹立杯中。
天韵戏台演锡剧,台下看楼人攒动。
珍珠馆里多品种,珠光玓瓅耀眼瞳。
老子铜像着包浆,风晒雨淋持秉聪。
月老祠前鸳鸯亭,缘窗对视秋波送。
金沙滩头试踏波,涉潮下湖先解懂。
闻呼金猴翻跟斗,上前幽见水莲洞。
山头矗立灵霄宫,山脚玉瀑入池中。
客船启返螺桨动,随舻飞鹭情独钟。

游太湖鼋渚

方才天街一老农,叫卖对联语从容。
看过问价示五十,还称祖传秋香送。
当时不舍走开去,回头再找不见踪。
好在过目不忘功,字句早已记心中。
山横马迹帷弸彏,渚峙鼋头水淙淙。
雨卷珠帘堤将红,云飞画栋奕炯炯。
此间风景胜洪都,尽纳湖山浩碧琼。
高论会谱和世颂,诣坛点睛安宇龙。

2008 年 6 月 3 日

周庄河街行

贞丰里周庄,泽国美水乡,
飞檐翘角屋,黛瓦白粉墙。
楹联镌牌坊,照壁记沧桑,
九百年古镇,今日世人访。
井字河道叉,青石驳岸长,
八街纵横往,幽弄穿水巷。
宅院蠡木窗,背河临水港,
穿竹石护栏,河埠排廊坊。
拱桥石梁桥,飞跨碧河上,
木舟摇橹桨,载客又清唱。
窄街一步宽,伸手递货样,
客来各自忙,客走聊家常。
河道菜市场,吊篮长线放,
鱼蟹鲜菜齐,民居人丁旺。
沈厅松茂堂,家具红木香,
屋梁雕凤凰,气派又排场。
婚轿门前进,彩灯喜气洋,
鞭炮噼啪响,乡亲闹新房。
船自家中过,客货水上往,
车船都一样,代步又时尚。
双桥钥匙样,方圆三地畅,
逸飞留油画,古桥美名扬。
蓝花布衣裳,倩女喜素靓,
画笔翩翩舞,水乡丽姑娘。

周庄河街行

肥酥万三蹄,席上珍品尝,
佳肴自农家,边去边回望。
阿婆茶楼坐,品茗伴瓜酱,
李四谈嫁妆,张三说婚房。
月朗星稀夜,风静人舒爽,
灯船划灯行,缤纷艳丽装。
船上丝弦响,民曲小调唱,
两岸人头挤,热闹时寻常。
烟雨檐漉淌,三毛走街巷,
寻访留迹像,梦中忆故乡。
贞丰桥头旁,迷楼飘酒香,
人醉诗兴发,精篇后人赏。
古寺依水傍,客步石阶上,
道院历史长,祈福求和祥。
南湖白蚬湖,碧波泛熙光,
古镇勤朴漾,水土富一方。

2012 年 4 月 9 日

同里河街行

同川同里五湖抱,支流交错多迁岛,
风格迥异博古桥,人杰地灵物富饶。
片片池塘鱼儿跳,块块青田插秧苗,
水田肥沃双熟稻,鳜鲈虾蟹满担挑。
粉墙黛瓦屋檐翘,曲径幽巷通小桥,
店铺林立街市茂,安居乐业风和陶。
家家临水紧挨靠,户户通舟将橹摇,
小桥流水枕人家,阡陌纵横水浩淼。
打铁匠铺叮当敲,木桶紧箍有绝招,
竹编箩篮货紧销,绸鞋袖饰花样俏。
马灯串串夜市闹,广场熙攘千眸瞧,
戏台正演珍珠塔,方卿头戴状元帽。
太平长庆吉利桥,三桥古朴一品骄,
喜庆生日走三桥,夫妻恩爱同偕老。
孩童走桥读书好,闺媛走桥生丽俏,
书郎走桥步步高,翁婆走桥耄耋小。
嘉荫堂里吉星照,梁栋花窗禧气缭,
凤穿牡丹寓顺调,诗人亚子兴致高。
崇本堂里文学佼,门窗隔扇典故雕,
西厢金钗红楼梦,人物刻在长窗腰。
孚寄堂里戏文描,春草池中剧情找,
民间传唱珍珠塔,真人真情事久遥。
耕乐堂里池水绕,鸳鸯厅前荷花娇,
燕翼楼上眼瞭眺,假山白松连曲桥。

同里河街行

帖水临波退思园,草堂水榭自乐逍,
旱船一舸将红闹,天上彩云水中跑。
同里湖上罗星洲,金鳞闪烁波光耀,
泰来长庆俩舸号,交替往来将愿捎。
状元红蹄真空包,太湖三鲜餐中宝,
傍河小酌客盈座,梅家菜后状元肴。
狭长古巷履声扰,青芦客栈书生到,
乍来先行过三桥,后谒三日撰诗稿。
东溪望月恬心笑,南市晓烟弥清早,
北山春晓飞燕叫,水村渔笛吹小调。
翠舫听雨琵琶撩,紫薇琴韵空中翱,
秋亭待月五妙奥,茹古书声似海涛。
清远荷风馨迢迢,碧筠藏翠姿窈窕,
雅韵知音琢诗瑶,桃园观瀑颂泽韶。
梁棹头上着翅帽,镶纳袖饰绣荷包,
师俭习勤传家宝,兰桂腾芳有厚道。

2012 年 4 月 12 日

甪直河街行

水云稼渔平田畴,三横三竖直河流,
甪字吉祥缘神兽,吴淞江畔甫里游。
鸭沼清风古时有,分署清泉水明透,
吴淞雪浪随船艏,海藏钟声解乡愁。
浮图夕照映红绸,莲阜渔灯作善诱,
西汇晓市人密稠,恢宏风采开影投。
事业有成自苦志,俊彦读书最乐讴,
甫里小学作文优,圣陶支教桥乡留。
王韬先谋开放筹,萧家芳芳成影后,
万盛米行三五斗,教科书上辨事由。
农具展览绣地球,石斗秤杆量米豆,
铁锘镰锛脱粒机,耥耙扁担竹扫帚。
幽巷楼市窄街走,推窗对面可握手,
姑娘小伙桥乡游,单桥双桥常邂逅。
临水廊棚思全周,游客不为雨天忧,
雨中千灌别趣有,购物美食沿街逗。
大襟拼衫布包头,束腰拼裤花胸兜,
作裙百纳绣花鞋,八件一套织女秀。
条石驳岸泊舫舟,缆船石雕引眼眸,
浮雕立雕阴阳刻,鹤鹿梅蕉吉意授。
花岗武康石桥构,和丰宋桥古悠久,
东美明桥圆隧洞,桥博会展技艺侑。
朴风清河古街幽,甫里千家如玉守,
魅力无穷引来客,桃源人家乐相酬。

甪直河街行

澄湖相近只三里,帮楫入湖开双眸,
漪韵到此方才明,甫里清碧有源头。
秀簧新韵百花俦,戏曲歌舞胜美酒,
怡心明志颂春畴,瞭然珍爱吟金秋。
放眼熙临燕啁啾,豁胸乐与雁为俦,
传统经典作犁牛,文化精篇当锄头。
茶灶笔床萌通舟,莼羹蔬菜同享受,
永庆升平跻盛世,安馨富丽甲长洲。

2012 年 4 月 16 日

朱家角河街行

淀湖珠角里,乡情浓街巷。
小桥流水淌,渔舟穿梭忙。
王家糯米香,渭水鱼虾尝。
东来永顺楼,隔岸飘酒香。
百年涵大隆,瓜果甜蜜酱。
药号童天和,抽屉叠满墙。
阿婆茶馆嚷,杯壶溢茗香。
江南蚕丝被,轻柔盖暖床。
绍明书画房,梅兰竹菊强。
河边素描像,市女留水乡。
粽子红蹄香,清曲绕桥梁。
倩女帮橹桨,乡调记心上。
珠溪茶座里,耄耋聚一堂。
三弦伴琵琶,弹词唱双档。
课植古园访,昆曲伴茶香。
水彩佳画廊,乡韵入画框。
游艇飞湖上,碧水清波扬。
淀山湖域广,鱼肥虾蟹壮。
拱桥石板梁,廊桥跨水巷。
放生桥有情,五环连海疆。

2008 年 5 月 10 日

枫泾河街行

玉米稻穗沃田壤,荷花青鱼丰池塘。
千年古镇史悠长,盛产富饶鱼米乡。
枫泾名系怀古人,宋朝屯田员外郎。
舜俞常来白牛荡,清风亮节令敬仰。
米布帛运通京杭,乾隆商船货满舱。
三元坊里贤辈出,勤读及第成风尚。
学范书屋阅文档,祖国统一挂心上。
春酣闻雁十发画,三鉴书屋育懿尚。
丁聪漫画传世方,惊世佳作源书房。
慈中装帧第一人,国书伟著受褒奖。
状元糕点学生赏,石库门里飘酒香。
清风桥上客流旺,竹行桥畔丁蹄香。
用料讲究质乘上,名厨点拨绝伦飨。
几经沉浮获新生,蜚声海外得金奖。
漆竹篮里满嫁妆,红头盖下记恩娘。
盏盏油灯点桌亮,孩儿读书娘缝裳。
农民富林新画创,绣染雕剪会一掌。
淳朴厚重水粉漾,鲜艳明快得世奖。
花船俪人成鸳鸯,两岸乡邻赐吉祥。
比翼双飞如凤凰,花好月圆奔理想。
百年戏台眷曲唱,百桌宴席奕十样。
枫溪竹枝词话长,沈蓉城诗留水乡。

天宽只缘三分让,地阔曾留半亩壤。
竹人熙提走马灯,连过三桥通八方。

2008年6月22日

乌镇河街行

晨曦烟雾浮河叉,木舟摇橹吱嘎嘎。
乌墩染金披晚霞,书香墨韵浓千家。
六朝遗胜留石坊,千年古镇书风刮。
苕溪秀水毓文甲,文人荟萃博才华。
茅盾故居留笔架,巨匠妙笔生懿花。
立志书院善激发,名人辈出源师达。
临河水阁如乘艖,听橹作文思开闸。
文昌阁里观美景,小桥流水入诗画。
石板古街多店家,和蔼待客情可嘉。
访卢阁里品香茶,传说茶圣授艺法。
朱家厅里厅上厅,楼上楼下接话茬。
张家厅里雕堂门,周子爱莲情高雅。
转船湾里泊商船,满载蔬菜鲜果瓜。
元宵走桥换爸妈,连过十桥乐妮娃。
梯云桥上挑农过,谷蚕丰收肥鱼虾。
逢源双桥秀才过,连中双举成佳话。
仁济桥上举人过,耕作民生心牵挂。
通济桥上进士过,惠民强国眼界大。
蓝印花布着清秀,染料取自兰草花。
蓝花布衫姑妮穿,素妍丽质赛仙花。
湖笔精制多工序,尖齐健圆顺笔画。
镬缲梭织收蚕茧,以丝兴市工商发。
恒益药号百抽屉,秉诚质量绝不差。
杭白贡菊白如玉,味甘醇郁降血压。

古戏台前老小坐,经典昆剧如奇葩。
翰林第里讲律法,正如弹词将贤夸。
姑嫂酥饼糯又香,甜中略咸口感佳。
定胜糕店人头挤,学童女生一人仨。

       2012 年 12 月 22 日

西塘河街行

夜幕初生月朦胧,平川水网绕房栋。
沿河檐棚挂灯笼,烟雨长廊点点红。
河埠清静船靠拢,街市淡定客从容。
楼下娘亲穿针瞳,楼上孩童读书中。
养仙居里情融融,百岁老伯贺寿荣。
尊闻堂有百寿梁,重孙喜见老祖宗。
环秀桥上挽寿公,清晨蔼邻面雍容。
延绿草堂会亲友,闲谈渔情酌耕农。
稻香园里鉴不同,谷粒健壮选优种。
听涛轩里品佳茗,茶香扑鼻观白松。
三尺窄巷石皮弄,对窗聊天话长冗。
墨家轩里赏书画,李家小辈字出众。
五福桥上人接踵,平安健康人初衷。
永安桥上过学童,憧憬未来程长虹。
奏班熙将昆曲送,清丽柔婉乐乡众。
秋水山房书生诵,桌页诗作如云涌。
天井园子杜鹃聪,春天花开红彤彤。
盆沼游鱼波柔动,鱼水相依情义重。
瓦当黛青遮雨煦,梅鹿花檐最受宠。
八珍米糕香甘甜,益脾健胃草药功。
梅花三白酒香浓,远客米访斟杯盅。
小山醉雪话梅兄,冰天雪地不惧忡。
疏帘花影暗香浓,工笔绣红乐无穷。
中堂皓月望天宫,美好愿望藏心胸。

曲槛回风宜午人,捎爽还将茗香送。
古树啼禽独清音,莺啭缭绕待人懂。
西园晚翠霞正浓,耄耋对弈棋未终。
邻圃来青心燕翀,指日家苑花千红。

2012年12月25日

东山春在雕花楼

　　太湖瑱,东山镇,
　　莫厘峰,画景呈。
万顷碧波皱鳞纹,帆影点点水鸟跟,
群峰叠翠秀洞庭,茶果满山枝茂盛。
　　涵容丰,秀逸甚,
　　精细珍,雕工胜。
二进双楼暗三层,琼楼玉宇百屋分,
桁檐梁柱雕吉物,长窗门栏典故登。
　　万年青,永昌盛,
　　蝙蝠纹,洪福奉。
砖雕门楼妙如梦,聿修厥德出书圣,
兰菊荷梅爱慈仁,鲤鱼腾越福临门。
　　牡丹蓬,梅花萌,
　　飞凤凰,唱戏文。
古币拉手开厅门,凤穿牡丹祥瑞吻,
二十四孝人之本,少年登科超才能。
　　饰龙纹,花篮衬,
　　甲骨文,阒声闻。
南厢房里书桌灯,读书求知人勤奋,
北厢房里红木橱,行楷篆草刻双门。
　　竹青嫩,荷红芬,
　　紫花藤,腊梅贞。
湖石假山生肖认,荷池曲桥拂清风,
六角亭里碧螺斟,松鹤柏鹿寓寿祯。

二楼层,家气氛,
亲情温,女红缜。
闺秀房里架绣绷,纤柔巧手穿丝针,
洁白孔雀如活生,爹妈好婆皆笑声。
摘枇杷,茶香喷,
采杨梅,橘红橙。
白玉枇杷质甜嫩,杨梅红橘香袭人,
碧螺春茗古御封,茶露清醇含果芬。

2012年12月28日

石公山十八景

馥香氤氲秋风爽,丹橘簇簇亭中赏。
秋夜皓月映曲廊,西施醉步心神往。
奇石悬挂洞中藏,白云似归由系缰。
水天一线榭中观,波光潋滟船来往。
翠玉浮湖筑北堂,桌上杯壶碧螺香。
御墨石碑立方亭,秀丽山水古今享。
断岩峭壁半山亭,仙山沃水楹联唱。
碧波万顷湖潆瀁,亭中来鹤欲翱翔。
翠山为屏水为障,石榴金桂种轩旁。
垂线裂岩拾级上,侧身一人攀天墙。
双塔倒挂奇石洞,夕光斜投浮幻想。
石阶如梯轻步上,登天入云探天象。
晨曦双照亭中览,日月同湖人激昂。
平坦如砥石板坡,秋月明媚心敞亮。
烟雨茫茫弥山房,山丘朦胧峰隐藏。
陡岩绝壁宽数丈,携联轻云亭视广。
玩石可拙室中居,逸景漱趣雅兴涨。
晚霞醉染榭中望,碎金块银洒湖上。
太湖岸边石公山,岩石奇秀亭轩昂。
十八壮景引眼眸,文人墨客偕徜徉。

2012 年 8 月 30 日

西递风情

山水拱秀环四周,百亩稻禾青茁茁。
村前月湖波清烁,会源桥洞圆月廓。
村北村东溪流活,两股清泉村中过。
粉墙黛瓦飞檐翘,高墙深巷天井阔。
瓦宇林立马头墙,突兀多姿檐上卓。
青石铺地遍村落,雕楼画栋楹联多。
描金飞彩吉祥罗,窗扇栏板雕花朵。
淳朴素雅宅淡泊,敦厚诚实人和络。
牌坊高耸面宽绰,古朴精美石雕琢。
梧桥夜月今成昨,流水潺潺宛执着。
走马楼上村民坐,黄梅戏曲伴琴锣。
瑞玉庭墙古石刻,履道溾风财运拓。
桃李园里藏木雕,醉翁亭记典故说。
西园庭院分三进,花树山池将怡掇。
东园两厢摆书桌,赋诗作画笔洒脱。
大夫第院有绣楼,闺秀擅绣姿婀娜。
青云轩里读名著,不觉窗外雨滂沱。
履福堂有书画作,二十四孝人情灼。
追慕堂里村民拜,先贤种智今得果。
仰高堂里外婆坐,女儿携子敬糕粿。
敬爱堂中站小辈,老者训箴指差错。
尚德堂上村邻聚,互关互爱扶贫弱。

腊八甜粥香溢锅,岁月圆满不蹉跎。
鲜美面食苞芦粿,情长如愿乐生活。

     2012 年 12 月 12 日

宏村风貌

雷岗山上夕阳照,翠山染红霞蔚妙。
双溪清流村旁绕,从不停息唱水调。
奇墅秀湖秋景俏,百亩滩地长红蓼。
九曲十弯牛水圳,家家门前清泉跑。
村口古树合人抱,红杨银杏巨冠罩。
南湖浮鸭知春晓,近宅远峰跌画桥。
月沼碧水如镜照,浣纱洗绢妯娌笑。
南湖书院文学教,山村学子鹄志高。
承志堂里多木雕,百子欢庆闹元宵。
敬修堂里集村邻,农事村事共商讨。
乐叙堂里聚老少,家常婚嫁互闲聊。
叙仁堂里婆婆坐,儿媳孙女敬松糕。
东贤堂里拜懿老,小辈远行受开导。
德义堂里摆架桌,姑嫂绣红先画稿。
碧园池塘源水冒,红鱼水榭美人靠。
敬德堂里方形柱,立志做人不歪道。
桃源居里花门雕,孔融让梨世仿效。
树人堂有徽商宝,蓑衣提箱旧银票。
村口举赛画眉鸟,婉转清脆百般叫。
自行车赛沿山绕,一路蓊蔚不疲劳。
腊八豆腐味鲜美,黄润如玉滑肠道。
麻酥方糖甜松软,长方红纸八角包。

宏村风貌

木坑竹海万竿摇,个叶翠嫩枝上娇。
塔川秋叶尤妖娆,绚烂缤纷如彩描。

2012 年 12 月 16 日

丽江古城

瓦宇如海屋鳞次，街巷纵横楼栉比。
庭院三坊一照壁，鹅卵石地花四季。
东大街上店铺齐，琳琅满目人亲昵。
新华街上多美食，上段下段尝不腻。
密士巷里茗香袭，溢璨茶庄普洱沏。
现文巷里多咖啤，时尚游人享清逸。
五一街有史学家，大研史记宋元起。
七一街里居画家，写意丹青挥妙笔。
四方街上人头挤，彩石广场歌舞旗。
官门帖有古告示，安全通行凭木榮。
彩绘轩昂古牌坊，天雨流芳读书意。
木府巨宅楼阁齐，庄严古朴大门第。
万卷楼里书香气，经典名著人深迪。
狮子山上望古楼，大研丽江收眼底。
大石桥下俩妞妮，清水河边乐濯涤。
万子桥上过学童，放学路上见姑姨。
百岁桥上翁婆步，长寿老人神奕奕。
身挂银饰佩玉璧，纳西姑娘爱禧气。
三眼泉井供饮洗，分级汲取益身体。
茶马古道过丽江，马帮驮茶运帛匹。
黑龙潭里水澄清，雪峰倒影泛涟漪。
玉龙雪山披朝霞，群峰巍峨染金碧。
白沙民居无商机，绚丽壁画传后裔。
束河镇有青龙桥，桥下店铺制革皮。

垂丝海棠虬古枝,灿红花瓣尽飘逸。
万朵山茶俩连理,百般红艳娇滴滴。
丽江粑粑夹馅子,松软酥脆香扑鼻。
鸡豆凉粉如玉泥,清香鲜美爽口齿。
东巴伉俪举婚礼,酥油抹顶敬茶词。
披星戴月谷服饰,华美女装增活力。
中元节里忆祖师,盏盏河灯载嗣意。
火把节上乡民聚,载歌载舞盼吉利。

2013 年 1 月 11 日

阳澄湖歌

水湛蓝,岸渺茫,
籪如网,舟启桨。
清淳如镜湖宽广,物产丰饶水草莽,
纤尘不染气温和,幽胜静谧笼蟹乡。
青泥背,白肚亮,
肢毻黄,爪金黄。
蟹黄肥厚九月尝,脂膏丰腴十月享,
鲜质白嫩味隽美,莲花岛上有蟹庄。
持双螯,举杯觞,
品膏黄,酌佳酿。
桂菊疏香风凉爽,脐背隆起蟹硕壮,
纷至沓来奔蟹舫,第一美味名四方。
清水港,蟹仙房,
潘家浜,醉贤坊。
唯亭巴城蟹市忙,莲花村里补丝网,
忆园耕织农具赏,天工开物勾回想。
犁田壤,使耘耥,
收谷粮,用斛量。
脚踏灌车引水淌,赶稻及菽牛骡强,
扬簸推耙集谷场,春播秋收备口粮。
桑蚕养,缫丝忙,
摇锭车,将线纺。
经纬交织梭来往,绫缎蓝花绢甑靓。
千家灯下绣衣裳,风帔头巾肚兜妆。

阳澄湖歌

　　启口轻,气圆畅,
　　音纯细,声悠扬。
绰墩村里名伶唱,细腻绵糯水磨腔,
面壁十年酝正声,魏良辅将昆曲创。
　　菜花黄,蜜桃旺,
　　蝶蹁跹,莺啼亮。
楼上曲圣引婉吭,十载砥砺琢昆腔,
一种和调破曲窗,氍毹从此百花放。
　　秋风起,蟹脚痒,
　　界桥上,蟹客望。
渔耕客栈有来访,三天醉蟹三夜躺,
单客举止书生样,临别还将醉诗唱。
　　流膏黄,飘蟹香,
　　醇酎伴,八仙样。
湖面清碧波荡漾,水草丰茂蟹健壮,
晶宫乐世颇理想,虽在水里亦天堂。
　　扇门敞,不关窗,
　　小狗汪,不为防。
购物刷卡拒银两,闺郎联姻配婚房,
看病都使积分卡,举家出游一卡畅。
　　燕颉颃,鹭曼翔,
　　鱼游曳,蟹兜逛。
得水佳趣在清兼,心平律匀神娟扬,
凡生在世践懿尚,后胤得福芳日长。

2012年9月5日

南湖诗书情

湖心岛上烟雨楼,重檐歇山势气派。
楼上凭栏眺远带,赏美掇景闻馨籁。
钓鳌矶碑书行楷,万历十年涌举才。
清晖堂门有题碑,苍烟翠雨玉楼台。
鱼乐国碑书行楷,万历卅年民风蔼。
来许亭里纪功伯,廉政惠民受爱戴。
鉴亭墙嵌真迹碑,米芾行书笔俊迈。
御碑亭里铭记载,八次登楼启诗材。
宝梅亭碑镌香雪,鳞鳞万玉繁花盖。
八咏廊里隽碑在,诗画书情合一块。
太湖石山妙肖态,花木扶疏峰淑帅。
万年化石原血柏,如能复活好感慨。
银杏寿龄近五百,相侍挺翠伴楼台。
一对枸橼果香外,硕实金橙花洁白。
姐妹玉兰楼前栽,枝头花浓似暧瑷。
一双金桂香庭斋,芬芳扑鼻晕秋腮。
啜茗歇坐小蓬莱,淳香清神开茅塞。
菰云簃里砚笔摆,八咏十吟诗书赛。
菱香水榭堤池挨,临湖静坐听欸乃。
访踪亭里树新碑,董老欣诗传后代。
万福桥上阶平矮,孙女奔上喊奶奶。
芰堤漫步翠柳摆,内池荷花似红孩。
夹弄丝网古木舫,画舫泊堤跳板窄。
贵人接踵入舱来,谈笑风生相揖拜。

一大会议继续开,中舱桌上汇文采。
杨柳矶边系画舫,舱内亮语惊天外。
馨论芳题怀大爱,是日湖面生虹彩。
一棹宛从镜中来,湖光增熠风亦采。
揽秀园里步徘徊,隽逸诗碑看而再。
伍相祠里有壕塔,登高望湖视无碍。
仓圣祠里祭字祖,象形文字破土来。
文字院里展书体,汉字形成承一脉。
无边怡景吟咏材,诗情书致揣胸怀。
楼称烟雨尚韵在,春时迷濛梦自来。
百顷明湖如玉瑗,韶漪粼粼心娟溦。
游舟离埠仍回望,将别才觉心澎湃。

2013 年 1 月 22 日

俩人登泰山

十八盘梯高,攀登上云霄。
南天红门到,凌空尽情叫。
汉柏偕耸翘,百岁不见老。
秦唐摩崖雕,古事今通晓。
云步单拱桥,熙将天宫瞧。
壶天仙阁小,烦郁尽丢抛。
天街平阔着,商铺旗幌招。
玉泉甘洌照,井台双桶挑。
桃花峪承茂,满山名药草。
中天岭谷坳,秀景令神好。
旭日东升早,峰峦露峻峭。
俊红极远眺,心似鹇鹳翱。
晚霞绚柔照,群山犹妖娆。
万里云海飘,玉盘似仙岛。
缱绻情窈窕,俩心此定着。
泰山绝顶高,愿作比翼鸟。

2011 年 11 月 2 日

黄山奇峰

高旷平坦光明顶,五海烟云看不尽。
飞来巨石立峰头,天赐神力造幻景。
排云亭里观峰林,石如晒靴或弹琴。
狮峰山腰清凉台,灵觉石猴望太平。
梦笔生花画艺名,擎天石笔绘丹青。
散花坞里百花艳,九瓣天女爱仙境。
悬崖千丈始信峰,虬枝盘根松傲挺。
索道上下白鹅岭,身浮云海离天近。
黄山客松迎来宾,长枝伸展表盛情。
莲花峰上观绝景,万壑生烟千峰竞。
登山必经芙蓉岭,岭上仙洞听泉音。
翡翠池里山树映,绚丽斑斓水晶莹。
松谷溪中五龙潭,石龙埋头正畅饮。
翡翠谷里龙凤池,山间瑶池照双影。
情人桥上观风景,有缘邂逅巧联姻。
名书名言百爱碑,情侣必读真爱聆。
紫云峰下有温泉,碧清澄澈可浴饮。
窥天一线石缝径,海阔天空在巷尽。
黄山云海誉古今,浩荡白浪卷万顷。
鳌鱼驮龟浮云海,身披金光万里行。
冬雨刚过云升腾,势如万马翻山岭。
白雪皑皑山披银,冰挂雾松姿千形。

黄杉铁杉五百年,挺枝轩昂茂叶青。
妙从此时入佳境,云谷岩刻石醉吟。

2012年11月16日

庐山怡情

锦绣谷里石千态,美人梳妆粉面腮。
龙首崖壁巍伟极,登顶极目激情怀。
乌龙潭泉甜如奶,舔饮柔润舒心脉。
黄龙潭上瀑银白,清泉飞溅烦郁甩。
芦林碧湖波荡开,山青峰秀水漾爱。
风吹沙沙婆娑摆,月照松林静脑海。
小天池水不溢涸,山顶秀波漂云彩。
含鄱岭口似龙孩,气吞鄱湖聆万籁。
五老峰石如先哲,贤明智慧受拥戴。
大汉阳峰青云来,到此乾坤无屏碍。
三叠泉流三级连,瀑景壮丽心目快。
仙人洞里一滴泉,细水长羕恩泽在。
天池山顶望九峰,迤逦奇秀志豪迈。
白鹿书院出人才,秀才报国投书海。
桃花源里茶圣拜,谷帘泉水封名牌。
锦绣峰顶有御碑,怀古寻迹先谒楷。
桂花酥糖含甘饴,绵软甜蜜自米麦。
桂花茶饼香甜脆,精料精作薄粉胎。
云雾贡茶清香醇,山泉沏茶香溢盖。
匡庐鲜笋无污害,营养美容受青睐。

2012 年 12 月 8 日

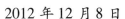

井冈山丽景

挹翠湖水不干涸,绿水盈盈环玉岛。
南山园里珍花傲,红豆杉树瘦枝翘。
五马朝天悬崖高,马鞍石峰尤妙肖。
仿古廊桥名裁云,山风徐来热气消。
茨坪天街景缥缈,粉墙黛瓦山上造。
兰花坪上九节兰,清香蓊郁仙子笑。
黄洋界上银荷树,小径挑粮此歇脚。
百竹园里竹荟萃,轻风摇曳姿多娇。
龙潭观景登索道,飞云踏翠红枫茂。
金狮面里有飞瀑,长虹彩裙玉珠飘。
五指峰上杜鹃俏,姹紫嫣红满山腰。
井冈湖深水丰饶,翠峰山峦四周抱。
石门水口瀑声震,流光溢彩奔水槽。
行洲青田插秧苗,红豆杉树制珍药。
杜鹃山上有索道,鲜花满坡山妖娆。
杜鹃山景四季妙,峡谷风光五里遥。
朱砂河上竹排漂,水路九曲多弯道。
八角楼里有棋桌,青油灯下车马炮。
龙江书院史悠久,有志青年上学校。
飞龙洞内景迷离,栩栩如生百石貌。
石姬仙茶香浓郁,云雾浸润山环绕。
罗浮水库往远眺,碧波万顷峰远邈。
玉鹅耸翠山岭高,九曲十弯石板道。
牛头飞瀑声如雷,哗哗山泉高台跳。

井冈山丽景

热水洲里有温泉,四季如春宜澡疗。
湘洲人家筑高屋,白水寨里原生貌。
仙口河道小三峡,两岸蓊蔚壁陡峭。
严岭嶂上峰连绵,岩石巍巍山花摇。

2012 年 11 月 5 日

张家界峰林

悬梯扶岚云中情,天门仙洞花雨频。
云梦仙顶入幻景,云雾飘渺绕峰岭。
珍稀植物遍山林,珙桐红榧闻世名。
深壑幽谷金鞭溪,流水潺潺林鸟鸣。
紫草潭水见底清,水草摇曳紫石映。
三峰相连扮文卿,秀才藏书学如命。
气势恢宏重天楼,依山造景独匠心。
鬼古栈道悬峭壁,云雾缠足身子轻。
拔地冲天石峰林,天公奇作醉眼睛。
黄石寨上有奇景,南天一柱独高擎。
怪异山峰云中行,云追山动乐童龄。
迷魂台前千峰静,姿态万千各有名。
天悬白练瀑飞倾,绿水泱泱碧潭惊。
白龙潭上扔卵石,传说龙王会雨应。
琵琶溪声如弹琴,望郎峰石倩姑形。
石壁透光露圆洞,望久石穿盼归影。
琼山仙阁御笔峰,朝暮霞光染橙金。
青绿迷宫神堂湾,雾雨霏霏蒙纱巾。
黄龙泉水似液金,洞中田埂如铁硬。
空中梯田层层青,三面临渊村谧静。
仙人桥身搭块岩,凌空踱步寸难行。
天子峰上长焦景,日出云海万里晴。
凤栖山峰诗圣名,屈子持稿正诵吟。
索溪秀峰如盆景,湖水碧丽山倒影。

玉峰山前水如镜,泛舟漫游山歌轻。
黄龙洞石奇无尽,神妙音柱敲乐音。
纤尘不染宝峰湖,十女梳妆水柔情。
十里画廊有寿星,石老招手迎贵宾。

     2012 年 12 月 1 日

九寨沟彩池

诺日朗瀑宽又高,银链无数水丰饶。
树正沟谷翠河跑,一路瑶池伴磨桥。
树正瀑布雍容眺,声如雷鸣水汽飘。
老虎海子映斑斓,不远瀑声如虎啸。
卧龙海子染黛绿,绯红金黄秋林娇。
犀牛海子尤清澈,夏秋倒影迷心窍。
树正群海相扣连,湖水晶莹多木草。
火花海畔枝横生,波光黄绿树影撩。
芦苇海子白花摇,酡红黄绿山林俏。
盆景滩上多矮树,流水穿梭时声高。
珍珠滩上水花跳,晶莹似珠银光耀。
珍珠滩下崖陡峭,宽阔瀑布水溅道。
镜海明澈湖广浩,山峦密林景远渺。
孔雀河岸花树茂,碧水美艳如丽鸟。
熊猫海边有传说,老叟劝竹救熊猫。
箭竹海子育熊猫,吃罢嫩竹洗个澡。
五花海子染彩料,清澈无比见木藻。
天鹅海子富水草,候鸟栖息常孤傲。
季节海上雪花飘,峰峦萦岚羞纱罩。
长海翠波映雪峰,小舟鸭群乐逍遥。
原始森林海拔高,巨壁悬泉雾飘缈。
五彩池里艳蓝调,缤纷绚烂眼花缭。

九寨沟彩池

九寨沟里多彩池,客纷沓来为提脑。
汲慧撷睿清智囊,天地聪灵重聚焦。

      2012 年 12 月 4 日

黄龙彩池

培源长桥木栈道,金黄滩流奔迢遥。
琪树流芳彩池妙,苍翠无比山水娇。
迎宾池群呈梯状,环环埂堤似水笑。
娑萝杜鹃映靓照,群池迤逦花瓣漂。
飞瀑流辉分级跳,白绢挂崖无数条。
洗身洞口水滔滔,隆隆瀑声洞口闹。
盆景池里种树苗,黄绿青水尽情浇。
金沙铺地波光闪,犹似龙鳞金光照。
明镜池面白云漂,山林翁蔚四周抱。
争艳池里泼颜料,璀璨斑斓分外妖。
半池乳白半池绿,玉翠山上苍鹰翱。
中秋皓月映彩池,仙女拜池身窈窕。
龙背鎏金瀑倾斜,流水溅溅似马骉。
五彩池群阳光照,晶莹多彩颜笔描。
雪宝顶峰白雪罩,气势雄伟轻岚绕。
松潘古镇繁荣貌,藏羌居民穿裙袍。

2012 年 12 月 5 日

颂 黄 河

玛曲正源三河汇,星宿海子葫芦绘,
万泉掩映玉珠翠,天开云洁汪洋水。
地梅报春紫云英,嫩绿滩地丽花卉,
牛羊成群雁鸭追,清澈湖水鱼编队。
扎陵鄂陵姊妹湖,四千高地蔚蓝最,
文成公主船中睡,天鹅翩翩鱼鸥随。
珍珠双湖鸟天堂,泽地雏鸟喜芦苇,
海市蜃楼梦境对,彩霞绚丽将天缀。
日月山上和亲碑,文成公主举止贵,
亭中遥望红赤岭,青海湖水如镜馈。
高原仙海佳灵秀,环山草原比翡翠,
湖中鸟岛争鸣会,万顷碧波与天汇。
千里草原绒锦被,万马迅驰珍珠缀,
金黄菜花金麦浪,五彩斑斓游人醉。
奔腾咆哮龙门峡,十八湾里九曲回,
红原一湾金银滩,河水平淌相挽随。
刘家峡水势猛烈,炳灵寺峡石刻最,
公主工匠集智慧,造像壁画凝荟萃。
河西金城中山桥,丝绸通道千古岁,
飞天窟山麦子堆,敦煌艺术画中魁。
银川平原赛江南,大漠绿洲河施惠,
秦渠汉渠唐涞渠,瓜果甜菜麦稻穗。
贺兰山岩远古画,河套丝路文化会,

钢城包头新工业,鄂尔多斯羊绒汇。
吕梁陕北大峡谷,滆渚汹涌浪拍水,
船工号子信天游,龙门峡口尽发挥。
凤凰山麓南泥湾,杨家岭岗枣园队,
开垦种地纺车转,丰衣足食红歌对。
欢庆红绸腰鼓槌,喜气洋洋唢呐吹,
华夏始祖皇帝志,中华民族中和兑。
晋水潺潺难老泉,晶莹透明浮萍翠,
杏花村边汾河水,汾酒飘香远客醉。
平遥古陶雅市楼,古董绸缎扇子柜,
山西商人远闻名,日升昌记银票兑。
秦岭渭河古西安,山林挺拔秀峰会,
梆子秦腔兵马俑,古都繁盛丝路对。
河洛文化图书堆,自然哲理学者推,
洛阳车马古时尚,牡丹佳艳四季闰。
嵩山少林真功夫,达摩弟子魔拳醉,
龙门石窟造像最,书法书帖篆刻会。
豪华盖世开封城,民族英烈国精萃,
清明上河画祥瑞,河湖穿梭载春晖。
宏伟泰山安四海,天门楼阁日月辉,
探海石上观云海,彩虹朝霞天堂绘。
梁山水泊摩崖刻,曲阜三宝楷雕贵,
东营河口临渤海,黄河和涧拥海水。
山丹丹花红艳艳,二月春梅八月桂,
燕子双飞雁行队,康定情歌如心葵。

颂黄河

滔滔黄河百川汇,滚滚流水波浪推,
蜿蜒万里赐母惠,华夏情长儿女慧。

2009 年 4 月 25 日

漓江风光

象鼻山下水月洞,犹如江面浮圆月。
净瓶卧江山影接,今生平安好口诀。
江岸岩洞有奇石,形如父子话喋喋。
龙门古榕历千年,苍翠茂盛杆如铁。
大圩古镇多药铺,神清气爽灸艾叶。
磨盘山上竹摇曳,山下果园飞彩蝶。
竹江码头启豪舟,中外嘉宾尽情阅。
黄牛九峰半边削,峡岸葱郁牛憨倔。
斗米滩前望夫石,爱妻含情夫毅崛。
冠岩溶洞如宫殿,幽花石境水不竭。
绣山壁岩有彩纹,如挂壮锦披丝缬。
崖壁陡直如斧切,半边奇渡岸路接。
半渡对岸两石妙,仙人推磨不休歇。
杨堤烟雨舟隐约,云绕千峰瀑飞泻。
浪石卷花似飞雪,峰石千姿造幻觉。
一条红鲤挂石壁,滩险水急鱼奋越。
画山彩斑为世绝,恍如九马凌空跃。
娴雅端庄七秀峰,仙女下凡甘旦角。
黄布滩水山影接,玉簪青髻水中惬。
螺蛳山后峰羞怯,美女照镜描眉睫。
龙头山上望癸水,青罗玉带绕峰界。
望莲峰上多题刻,一带山河励致学。

漓江风光

糍粑牛排同餐碟,古韵时尚汇西街。
山歌要听刘三姐,山活水灵人偲杰。

　　　　　　2013 年 1 月 5 日

赞长江

格拉丹冬冰塔川，沱沱河水自高原，
唐古拉山长江源，六千高地母爱显。
蜡黄紫黄报春花，绒叶嫩绿美雪莲，
通天河水天上来，花仙呵护到人间。
金沙江畔云崖暖，大渡河流深谷涧，
雅砻江水势迅猛，岷江川江多急湾。
融融冰水汇江河，脉脉情结华夏缘，
曲曲湾湾灌青田，卿卿我我将禾衍。
玉树草场马牛羊，藏胞帐房大帽毡，
酥油奶茶青稞面，康巴歌舞长袖翩。
黄龙九寨丽松潘，岷江恩泽海子连，
俏枝花叶绘五彩，翠湖透碧映斑斓。
古蜀羌族茂汶栈，鳌灵治水学耕田，
商周扎寨温江边，青铜玉器记史前。
大禹治水成天府，李冰疏导安平原，
都江堰岩史文篆，时隐时现江中掩。
府河锦江多茶馆，阳光鸟鸣人文娴，
锦里老街织锦绣，流江秀水锦鲜艳。
嘉陵江水连中原，凌空栈道架壁沿，
千里蜀道修筑难，明月峡碑立秦汉。
自贡井盐釜溪岸，珠溪河岸罗泉盐，
西秦会馆明时建，钻井采卤工业展。
南宋石刻大足乡，敦煌像雕宝顶山，
培陵江边白鹤梁，鱼水标志水文鉴。

赞长江

江上明珠石宝寨,琼阁层楼展飞檐,
云阳龙脊古诗篆,翠坪银针香茶筵。
草堂河水渡陆游,白帝山上诗圣赞,
三峡佳绝山水画,奇峰碧水露云仙。
龙门巴雾滴翠峡,松恋神女秀山巅,
碧波滢滢河蜿蜒,银浪翻雪谷连绵。
端午粽子鱼虾宴,龙舟竞赛渡谷岸,
昭君故里香溪畔,和亲红霞今犹见。
卧龙竹林熊猫园,峡郡桃源金猴县,
大昌古城青鱼殿,大溪码头扁担连。
辣子花椒姜豆瓣,干薪瓢水生瓦罐,
红红火锅随船纤,浓浓烈香川江恋。
武昌汉口汉阳汇,鼎足三城街市繁,
车水马龙舟往返,清明上河浮眼帘。
黄鹤楼上望琴台,不见伊人听音弦,
电视高塔传影电,江中大桥将线牵。
洞庭湖边岳阳楼,万顷碧波灵君山,
潇湘贡茶乐伯年,阿婆轻摇鹅毛扇。
锦绣峰岩生绝联,庐山奇秀云雾观,
银泉飞瀑润名茶,白鹿仙人结书缘。
潘阳湖暖候鸟园,鱼虾螺蚌水中餐,
西伯利亚路遥远,千里婵娟雁南迁。
金陵城南中华门,高墙远将秦淮瞰,
夫子庙会花灯节,俪人赶集语缱绻。
画舫画笔绘熙园,奇纹雨花水中灿,
四条彩虹江上跨,阅江楼上古文观。
蜀冈运河送鉴真,二分明月扬州眷,

阿娜多姿瘦西湖，五亭桥上燕子旋。
漆器玉雕花纸剪，银器竹雕名画绢，
扬剧评话连台演，盆景苑里艺妙湛。
京口三山甲东南，娘子拂水金山漫，
碑林崖铭字盛典，古木葱翠掩慧源。
甘露景楼北固亭，千年往事刻壁岩，
文化精髓作亲勉，江水东流成古鉴。
虞山剑阁望江南，鱼虾满舱米满担，
浏河码头正当年，宝船启航扬桅帆。
浦江明珠内外滩，彩灯璀璨不夜天，
豫园书城新世界，金贸科技世博展。
长兴江南造巨船，港机高吊排江岸，
崇明横沙生态园，江海汇处水回旋。
滔滔江水万里行，一路挽联一路坚，
灿灿浪花中华情，欢腾澎湃奔向前。

2009 年 4 月 15 日

尚梅咏

寒风嗖嗖逼,霜雪纷纷袭,
冰冻入三尺,花叶落满地。
傲梅挺新枝,花苞枝上集,
酷冬万象寂,梅独神奕奕。
树干暗褐老,瘦枝多青细,
花瓣单重开,花蕊吐玉丝。
花朵如绸织,红梅最艳丽,
冬天一把火,暖人心潮激。
细雨润花枝,暗香溢爱池,
薄雾轻烟弥,飞蝶舞彩翅。
佳月投梅影,美人斜香臂,
晓日洒梅林,彩霞绘大地。
台阁倚贵妃,垂枝临双碧,
玉露妆宫粉,千瓣朱砂迷。
栽梅古人迹,艺名传今昔,
暮冬早春里,群梅园中逸。
梅林展千姿,梅海香雪比,
浓浓探梅情,胸中生春意。
初春花第一,引来万目奇,
百花竞开时,冷香化春泥。
暗香熏书童,品学得双提,
闺少拜香雪,学研无萧季。

媛俊揾梅枝,绰绰生新意,
媪翁入梅室,身如添鹤翼。

2011年11月10日

幽 兰 吟

素心素叶脉纹细,玉环燕尾叶厚实,
斑缟爪冠高叶艺,光滑润泽绿四季。
垂卷扭曲半垂立,临风摇曳千万姿,
挺拔舒展尽飘逸,轩昂优雅品味极。
花莲叶鞘圆根系,假鳞茎上互传递,
飞肩平肩花难觅,荷瓣梅瓣短圆奇。
宋梅捧萼翠如肌,集圆唇瓣红点倚,
万字方字花糯滋,娇艳欲滴赐佳字。
蕙兰春兰报春时,剑寒莲瓣开冬至,
墨兰秋香报岁喜,建兰清香飘四季。
云碧智者寒香浓,程梅楼梅蕙秀丽,
十八学士迎彩弟,玉花报岁墨珍奇。
幽香清远馥郁袭,妍和醇正醉人鼻,
身居兰室香不知,窗外蜂蝶告甜蜜。
含香体洁身丽质,馨香沁人心神怡,
柔中带刚花自毅,忠贞清懿志不移。
艺人歆婉赏兰馨,献身梨美承文遗,
匠人致极品兰奕,执着一世传绝技。
医护践仁持蕙品,救治推新解难疑,
教师毓秀秉蕙格,刚柔清懿敩优异。

2011 年 11 月 18 日

俊竹曲

绵绵春雨细,婷婷玉竹立,
石下兰花开,石上筠韵碧。
青山竹林密,风吹沙沙齐,
节秆向上递,枝叶绿四季。
阳光透叶隙,林中蕴生机,
个叶似翠羽,秆纹多绚丽。
白雪积满地,竹林傲直立,
高风亮节兮,坚贞不屈膝。
根茎土中迷,筱笋空中比,
叶脉披针直,小花颖果依。
算盘多竹枝,慈竹河岸植,
斑竹忆湘妃,楠竹小叶子。
竹浆造笺纸,书写创历史,
圆竹成短笛,乐声似马驰。
竹篾制成品,篮箩笾筐笠,
竹刻镌画字,玉片留隽逸。
怀简系青猗,真直运法理,
案桌搁笔筒,作辩去私意。
官室藏篾箔,化蚕吐芳丝,
公务比筷子,为人延福祉。

2011 年 11 月 25 日

秀 菊 调

大菊秀型几十种,绚烂韫暖娟和重,
福寿吉祥人情懂,千姿百态雅名涌。
含蓄和婉韵生动,仪态万方情独钟,
丰美亮丽神炯炯,熬寒凌霜乐融融。
黄山云雾绕山中,村姑含笑挽老农,
嫩竹玉笋节节上,幽燕风荷乐村童。
红梅喜雪铁骨忠,莺啼春暖绿葱葱,
春风得意美景憧,蟠桃仙露满碟盅。
粉红十八青春憧,春风杨柳百花红,
巾帼须眉端庄容,丝路花雨情意浓。
福寿双全健如松,瑞彩千条乐无穷,
桃李争妍才出众,孔雀开屏爱情颂。
万家灯火比月宫,旭日东升红彤彤,
彩云追月喜接踵,鹏程万里赞歌诵。
长风万里如初衷,大河东流溅浪涌,
紫气东来业兴隆,霞光万道贯长虹。
朝气蓬勃如学童,飒爽英姿挺脊胸,
高洁隽逸大立菊,芬芳扑鼻秋香浓。
九九重阳将糕送,登高望远学青松,
满城金甲心声同,中华遍地是英雄。
商贾熙口仿秋香,融冰化霜产合同。
经理情菊善破解,新机孕育于秋冬。

遣史密本揣菊签，化疑通和在熙胸，
哲人爱菊情理中，中融谐和参细综。

2011 年 12 月 2 日

碧荷谣

池澄碧,澈见底,
玉芽迪,俏露溦。
春拂水暖蕴生机,挺茄卷葭出清漪,
尖尖角上蜻蜓立,子荷才露燕莺啼。
水芸芝,荷仙子,
双筒叶,初开启。
新荷出水展风姿,素稚婀娜不娇滴,
秀闺出阁羞忸怩,洁身丽质嫣无比。
叶脉细,汇莲鼻,
大盾圆,弄珠粒。
青盖波缘翠欲滴,梗顶硕帕亭亭立,
雨珠滚动叶不湿,风翻莲叶碧浪抵。
淡红脂,素玉衣,
菡萏怡,幽香袭。
人面荷花貌西施,映日芙蓉典雅极,
千重瓣下结双蒂,金丝蕊中孕莲子。
秋风起,采莲至,
划小楫,掇婉思。
冰条玉节潜池底,莲子洁白硕圆粒,
留得残荷听雨声,仿佛又见初荷时。
出淤泥,持玉肌,
清香溢,高洁逸。

大度宽洪乐熙熙,藕丝相连情依依,
风吹荷花舞仙子,嫣和清懿满碧池。

2013 年 12 月 2 日

香桂令

金秋桂花开,馥香随风摆,
枝头花簇簇,惹人喜开怀。
天香飘阁台,花瓣四季睐,
日香漫苍溪,浓郁比香菜。
月桂天上来,果绿又花白,
九龙恋盆栽,曲枝红梢爱。
银花晚迟开,国庆亮风采,
玲珑玉桂栽,庭身若世外。
金桂缘古脉,香精溢金海,
串串金粟挂,节日好气派。
硬叶古丹桂,梢叶红纱盖,
堰虹同嫣红,花多惊花赛。
朱砂名宋代,橙红伴楼台,
状元胜秀才,红艳花中帅。
香醇桂花酒,牛郎晕红腮,
甘爽桂花茶,织女思乡寨。
桂花酝酎酿,甜蜜心田溉,
桂花拌糖藕,知己终生拜。
桂树可治病,全身入药材,
人生桂树伴,怡悦健康在。
多兮丰熙采,聚兮熙和态,
串兮熙说排,小兮大熙材。

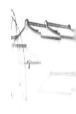

送香为施爱,借香诚表白,
香桂乃艺伶,专事唱爱来。

2012 年 9 月 10 日

牡 丹 歌

洛阳花,城中绽,
聚群贤,诗书筵。
花团锦族姚黄艳,紫瓣黄蕊魏紫娟,
瓣如鹤翎花丽妍,洁白娇容玉天仙。
菏泽节,游彩船,
花灯展,戏曲演。
花如二乔红紫伴,朱砂垒花如垂碗,
瓣如胭脂花红鲜,粉紫粉蓝似玉田。
天彭客,宿农苑,
丹景山,满坡炫。
天姿富贵红状元,美如葛巾紫台千,
朝迎旭日如火菊,花大一尺如红脸。
临洮喧,车不断,
花紫瓣,景如幻。
状如绣球紫花瓣,紫花娇媚同荷莲,
粉白红晕杨妃醉,白荷佳人名玉板。
便仓眷,枯枝缘,
古牡丹,花姿倩。
淡淡粉红赵家嫒,重重叠叠游春甸,
墨玉绒瓣鹅黄蕊,青绿绣球如豆圆。
傍阁轩,立庭院,
倚廊檐,伫窗前。

天香唤来语着燕,娇人惹得开笑颜,
华贵引发梦入嫣,雍容同使愫向婉。

2012 年 9 月 26 日

尺树盆景

古木树桩新生来，攀扎修剪别致再。
咫尺盆盎立大千，情趣无限富气概。
苍干虬枝露根块，扶疏飘逸翠片排。
窈窕曼妙艳花开，丰馨硕果使歆爱。
平叶片片簇云彩，葱翠欲滴千雀寨。
含花吐叶蕴碧蔼，苍藓鳞皴寿木赛。
自然清香奏明快，雄健豪放绰气派。
动势飞扬促心湃，诗画韵律赋美态。
堂几案上古梅摆，四壁生辉馨袖扖。
庭院隅角盘松挨，生意盎然瑞徘徊。
选雕上盆知灌溉，剪扎并用形独帅。
摘叶修枝当秀才，水肥光土听欸乃。
千古一绝枯荣在，刺柏风神岁数百。
迎年得春喜稻麦，黄杨葱枝将瑞揣。
春晓吹暖青枫绿，根如立掌半露外。
连理枝上叶青密，胡颓子俪情脉脉。
苍松嶙峋顶象生，锦松出群受推戴。
浮云飞渡翠翼展，地柏敫探似看黛。
卧龙起蛰榆葱茏，盘根曲干呈跃态。
飘然若飞发势摆，五针松树似换胎。
春满平林烟如织，榔榆叶上玉露载。
笠泽翁上冠帽戴，三角枫下根爪抬。
横空出世卧黑松，劲干苍梢超能耐。
一片丹心赞赤松，冠如翠云形瑷瑅。

乡情浓浓榕参天，气根簇拥似群孩。
志高气昂九里香，干枝抖擞叶爽快。
矫如游龙欲探海，罗汉松枝不老态。
清风两袖雀梅率，凋干斑皮叶疏开。
金雀闹林根虬曲，锦鸡儿上花不败。
克勤克俭兴顶戴，雀梅曲干无恼怠。
偃枝弯细仍居上，甜竹个叶争世楷。
梦笔生花学太白，雀梅仰枝梢叶拜。
霜叶红于二月花，鸡爪槭叶染红彩。
碧洋长空情豪迈，金银花姿激文采。
双宿双飞过一生，六月雪上鸳鸯爱。
逢春檵木满树花，细瓣如丝金絮盖。
寿玉荪棠连祥脉，子娟志学思兴泰。
唐宋桩术进民宅，明清盆艺上书斋。
婀娜千姿倩百态，赏心悦目神韵在。
陶情怡致乐桩栽，大千娟美装胸怀。

2013 年 7 月 30 日

姑 苏 觅 芳

迎春黄灿灿,花枝将春唤,
春来乍到有迎使,金腰带上韫暄暖。

水仙又俪兰,银台托金盏,
葶叶上挺玉花绽,新春佳节有香伴。

天竺粉红炫,花美姿雅娴,
轻触羽状菊叶片,一股清香冲鼻脸。

春早杏花繁,娇丽又红嫣,
枝梢墙头闹亲眷,杏雨杏村杏酒馔。

山茶曼陀罗,富贵又贞坚,
宫粉玉瓣如凝脂,紫袍红玉令醉酣。

玉兰韵挚善,清香似素兰,
千盏玉杯立高枝,皎洁白云轻舒展。

桃花开两岸,津屏似桃源,
浅绛粉红织其间,红霞芳菲缀春妍。

海棠枝开展,千花熙聚攀,
红红火火春盎然,热烈奔放激情漫。

天香唯牡丹,花开貌惊艳,
魏紫端丽叠高柱,姚黄鹅黄似皇冠。

绣球白素团,借风助溯牵,
清明时花也情真,思祖怀英添缟片。

月季四时鲜,长放红深浅,
香水丰花美圃园,紫雾朦胧令醉眼。

石榴尤红鲜,花果魅无限,
撷花点缀翠云鬟,绛采芬芳使嫣然。

花如白瑕伞,果似小玉盏,
栀子花开生清新,幽香馥馥暑中寒。

绿荷红菡萏,宽叶任舒卷,
出水芙蓉致婵娟,皎美无暇和世间。

桌上素心兰,惹蝶飞窗前,
嫩绿纤叶刚柔兼,清雅秀懿香幽远。

萱草似长兰,花冠如杯盘,
一茎多花送芳香,庭中忘忧享悠闲。

书香结桂缘,折桂举状元,
醉香浓郁催睿开,金花簇簇勾思婉。

扶桑照红殿,初开似火焰,
花蕊长伸如羽翎,厅设雅丽又姹嫣。

采菊东篱边,偏爱人熙然,
傲霜怒放姿万千,抱贞含素蕴寿涵。

秋葵金玉盘,向阳自崇转,
真叶对开直茎秆,蓬勃向上追圆满。

金蕊引蜂眷,芳馨招蝶恋,
金樱子花开山前,翠香玉花满鼻眼。

大花木芙蓉,瓣红似牡丹,
晚秋独芳伴池岩,波光花影煞好看。

红厣满枝绚,雪海暗香旬,
疏影横斜逸超凡,俏梅冬末独暄妍。

翠杖耸向天,金球挂枝间,
橘子累累可百般,错缀众叶递甘甜。

2013 年 12 月 9 日

晔圃春语

春眠不觉晓,甜梦萦心脑,
茏木又葱草,处处闻啼鸟。
春发梅先俏,紫里佳人笑,
岸上雪海妙,一夜香过桥。
春夜喜雨浇,干枝泛青韶,
好雨知时节,润物声细悄。
迎春纤长条,嫩黄花多小,
青青河边草,绵绵思远迢。
金鳞漪上跳,水暖鸭先告,
鱼贯游池沼,水边布红蓼。
花如锦絮着,欣把春来报,
树树曼陀罗,处处红云岛。
碧妆柳树高,千缕绿丝绦,
风吹枝袅袅,轻盈又窈窕。
牡丹娟婉好,花开动老少,
呈红又紫姚,生来惊艳貌。
春露细滋敩,梨花半树报,
又见花上桃,红簇夹水道。
三月杜鹃来,奔放又纵豪,
馨花似抿笑,半开尤羞娇。
春兰清逸飘,幽香惹蝶招,
雪树白玉兰,玉杯立枝梢。
攀枝香紫藤,串串簇蝶抱,
紫荆花叶茂,枝上红满条。

红杏上枝梢,又把春意闹,
杏花疏影里,吹笛到深宵。
燕语呢喃叫,梁檐筑孵巢,
比翼空中笑,看谁飞得高。
光景愈觉好,千红春光娇,
縠纹曼波摇,轻舟迎客棹。
疏帘卷春晓,蝴蝶飞来早,
丝絮纷飞撩,碧云钗上搅。
玉虹行春桥,澄波浩淼淼,
清流丹霞罩,鹚鹕水面跑。
手种红芍药,妩媚又妖娆,
棠红伴澹月,红绣上锦绡。
丁花细筒小,满路麝香飘,
庭院夹竹桃,笛鼓伴笙箫。
低按小秦筝,滚弦如春潮,
小婧弹琵琶,飞絮沾裙袍。

2013 年 7 月 22 日

大美鸟林

苍山蓊蔚峰绵延，茂林葱郁啼音啭。
桠杈孵巢状如碗，双亲哺雏新鸟衍。
密树草甸绿自然，和谐相系生态链。
宁谧幽静致安恬，灵鸟唱响生命赞。
五指山上白斑鹇，嬉游溪湖栖河滩。
长嘴朱鹮额红鲜，白羽沾红翱洋县。
雉鹑颏喉红栗颜，茶坪山上伴杜鹃。
栗斑鹧鸪飞凉山，长哨洪亮声震远。
红脸蓝鹇嗯声传，太鲁阁旁啄食餐。
白眉鹇鸪留玉山，三五成群呦咕啭。
黑颈鹤群入松潘，人字队形高飞翾。
凤头燕鸥好海鲜，繁育聚栖马祖岸。
思茅鹦鹉沾紫蓝，覆羽辉绿学人言。
四川林鸮灰褐面，棕线横斑耐高寒。
长嘴百灵集墩上，叫声悦耳动情天。
花东鹎嘴小红斑，一夫一妻唱爱眷。
蓝鹊长尾白黑蓝，红嘴红脚缀桐杉。
金胸歌鸲眷永善，颏喉橙红音缭远。
红尾鸲俪浓春恋，穿灌越丛来溪涧。
宝兴歌鸫丽音颤，羽衮褐衣染橄榄。
武夷画眉摘唱冠，冬迁港澳歌声传。
大理嘈鹛翾橙蓝，帖近民宅赏人烟。
瑶山雀鹛栖竹间，额羽金黄晕橄榄。
褐头凤鹛居玉山，俪俩理羽唱婉转。

震旦雅雀栖洪湖,芦鞘秆上鸣欣欢。
汶川柳莺喜云杉,九寨沟里游景观。
峨眉鹟莺金眼圈,跗蹠趾爪角黄淡。
棕腹仙鹟颏钴蓝,金属鸣音荡筠连。
山雀染黄遍腹脸,冠羽上冲摩时先。
滇䴓翅羽石板蓝,倒立行走任树干。
玉树鸸眉白长贯,灌木柳上兜高原。
朱鹮眼先玫瑰胭,洪音回荡祁连山。
形影不离鸳鸯恋,心心相映同鹣鹣。
比翼双飞仿对燕,丹顶鹤俪情缱绻。
鹄志高飞意宏远,千里长涉随鸿雁。
鹰击长空高前瞻,天鹅鸣舞心美娟。
黄鹂声声花吐艳,喜鹊嘎嘎人开颜。
携手到老相思牵,开朗活泼学绣眼。
抑虫袒菁护林田,山青水秀尽奉献。
鹩哥八哥译隽蔼,鸟界人间共婵娟。

2013 年 8 月 29 日

吴门画派

沈周徵明诗莹妍,唐寅仇英画灵娟。
四大才子世名传,吴门画派领画坛。
博采众长大风范,模古创新开河先。
山水花鸟富内涵,诗文书画皆精湛。
相城有竹居启南,董巨四元师渊源。
厚重凝练工写兼,风神潇洒功非凡。
平和怡悦采菱船,湖上翡翠在花间。
九月桃花古来鲜,勾勒没骨写意赞。
衡山寿居停云馆,多摹孟頫师石田。
古淡秀细游丝擅,精工苍润清雅典。
提携十洲衡翁荐,高仿精摹得借鉴。
青绿山水似梦幻,工笔重彩如美宴。
桃花庵里藏伯虎,自创一格联文院。
秀逸洒脱超自然,酣畅流利泼情感。
雨余春树翠青山,含烟蓄雨生乡恋。
古木高山飞寒泉,苍松挺柏溪涓涓。
嫦娥执桂爱才缘,神态飘然裙带卷。
东篱赏菊知友伴,峻岭古柏人如仙。
剑阁气势冲霄汉,云梯石栈上青天。
草堂亍立花初绽,画师书童在桃源。
水墨淋漓彩晕染,形似神似意幽远。
气韵生动灵性现,浑朴天真画烂漫。

葱蒨丰盈丽山川，勃勃生机春盎然。
明快俊逸清柔婉，秀润隽美造化般。

2012 年 8 月 15 日

富春山居

富春桐庐乡,来君黄公望,
出游背皮囊,袖携小文房。
初秋景苍莽,时停摹写忙,
断续画联想,旷世杰作创。
首段剩山图,绿岛隔岸望,
水阔天敞亮,远山令神往。
浑润峰高昂,层峦叠翠嶂,
水面白茫茫,浩淼波荡漾。
静谧小村庄,黛瓦白粉墙,
小溪架桥梁,凉亭可秀赏。
崇山连峻岭,密林布山岗,
行人桥上过,疑是拜故乡。
丛木繁茂昌,枝干劲挺朗,
樵夫林中走,薪柴肩上扛。
亭中孤独坐,垂钓趣乐尝,
傲松挺健爽,远山如云状。
渔舟江中央,垂钓撒渔网,
绿洲水岸长,归航泊水港。
山高势陡峭,秀峰露锋芒,
攀登临巅顶,无限好风光。
小路绕山间,若隐若现藏,
游人探幽径,悠然桃源访。
元人穿元装,画风古时尚,
人老虽年稀,画笔正酣畅。

水墨山水画，功力精深广，
似舞如乐唱，得意在韵上。
手卷长三丈，珍贵名四扬，
画坛纷模仿，世人眼福享。
首段在大陆，幅段在台乡，
这头连那头，画师扮藕匠。

      2012 年 4 月 23 日

清明上河

宋人张择端，擅画街景图，
尤嗜车船屋，妙人肖家畜。
汴京始大梁，鼎盛北宋府，
昔日繁华景，长卷后生瞩。
远郊柳芽吐，田野笼簿雾，
驴队驮柴木，童子吆喝促。
路边歇脚店，凉棚客未顾，
时早自忙碌，茅舍传呼噜。
近郊三岔路，瓦舍围篱竹，
黄牛柳下匍，田农种菜蔬。
一队刚出城，马奔人追呼，
一对赶回城，轿中坐倦妇。
汴河漕运输，横贯通商埠，
外城西门入，粮薪备仓储。
大道条石铺，沿河多店铺，
点心餐饮主，酒菜调香卤。
五艘靠岸陆，船工忙卸物，
篷顶聊闲趣，歇后将酌赴。
客船供食宿，花格饰窗户，
门楼前后竖，客栈水上浮。
拉船五纤夫，岸走艰难步，
船上撑篙杆，碰擦时有无。
前舱客人住，窗板向外突，
中舱搁货物，窗板往里扶。

船头大声呼,船尾把紧橹,
道窄欲不速,敞棚客踱步。
尾舱半身露,眷妇心相助,
孩童趴窗口,好奇又定笃。
八人摇双橹,漩涡两侧辐,
小船不停晃,船过方如初。
虹桥巨木固,统体丹漆涂,
飞跨无间柱,彩虹似留驻。
桥宽八米足,两边木栏护,
百人同时过,中间车轿逐。
桥下水湍急,过船不心疏,
桅倒抛绳索,撑杆力倾注。
桥上观热闹,入神如木杵,
指划过桥术,上下人和睦。
桥过释重负,有惊无险处,
船尾六船夫,肢语表轻抚。
街桥相接筑,脚店专事厨,
坐客酒下肚,欢语出肺腑。
门口停串车,铜钱满贯数,
凉棚售饮子,解酒又消暑。
水弯河道宽,泊船启远途,
货满客紧上,跳板别亲属。
前后六船夫,挥力摇大橹,
岸上五纤夫,洒汗号声粗。
路口修大车,廊头敲軲辘,
棕盖有门簾,辕套骈牛束。
城门高墙矗,楼室置大鼓,

瞭望目下俯,坡道通马卒。
门外连平桥,河濠内城护,
桥上风景佳,观众心情舒。
首驼出内城,尾驼思游牧,
迢迢丝绸路,驼铃伴朝暮。
闻传孙羊店,酿酒浓香馥,
菜肴美名赋,客笑酒满壶。
门口大堆人,静听说大书,
开诊杨大夫,祖传授药服。
王家绸缎铺,匹帛织锦族,
真丝面料布,量身制衣裤。
刘家陈香店,胭脂粉香扑,
人挤杂货铺,漆盒装糕酥。
员外进栈住,客房挂楷书,
进京赶考生,备题诗文读。
赵太丞诊脉,妇婴疗效著,
开方即配药,药到自康复。
宅院大又深,门视屏风阻,
门卫值班护,内城有大户。
肩背大包袱,问路巧遇熟,
边答边手指,扭头望去处。
尺高长二丈,墨彩绘绢素,
古人古风俗,跃然现场幕。
画存九百年,真迹真描述,
古代盛世录,嗣发爱民族。

2012 年 7 月 25 日

粉墨丹青

青绿又金碧,斑斓出工笔,
　山川赋气势,潭瀑涵清丽。
墨稿重勾少皴披,薄彩多施晕石肌,
罩分点染缀叶枝,浮云飞泉白粉提。
　峡江春晓俪,秋林寒亭飔,
　云山叠翠植,幽谷听泉戏。
边勾边皴石纹理,主峰水口重墨笔,
疏密错落树有致,淡墨皴擦挤云气。
　花头白粉稀,晕瓣曙红滴,
　藤黄点蕊粒,折返胭脂提。
焦墨嘴眼中墨翅,颜墨批毛白粉丝,
草绿三绿叶面湿,浓墨皴擦老干枝。
　没骨无描笔,落笔定形体,
　工笔融写意,墨韵掺笔气。
墨彩相破纸上技,叠加渗化互撞积,
劈笔丝毛画羽翅,蘸白点脂花尽意。
　写意擅墨笔,泼破又宿积,
　融浑透高懿,不似胜大似。
润雨沥竹娇滴滴,晴雪红梅香袭袭,
清露濯荷乐熙熙,大红牡丹神奕奕。
　构图画宜立,含优蓄雅拟,
　仕女婀娜姿,倩柔又娟丽。
媚杏凤眼弯眉细,纤纤玉手兰花指,
金钗玉簪饰青髻,霓裙飘然多褶子。

大千摹百师，浓淡化干湿，
　　　泼彩渲山脊，清漪映螺髻。
巫峡清秋霞光披，远峰看黛神旷怡，
庐山蓊蔚春韵识，长江万里翠迤逦。
　　画人有抱石，格调蕴雅极，
　　　匠心具独奇，气象高古时。
二湘裙步超神逸，仕女执扇婷婷立，
竹林七贤钟吟诗，赏音抚琴吹竹笛。
　　昌硕善花题，没骨又写意，
　　　千年结桃实，采菊在东篱，
枝壮叶茂花鲜丽，彩醉墨饱韵淋漓，
运笔如飞情豪致，酣畅奔放福洋溢。
　　画虫有齐石，勤写得真谛，
　　　轻纱朦胧翼，颤动振飞翅。
群虾鲜活笔细腻，聚蟹逼真无挑剔，
蛙声十里留遐思，盛夏红荷满欢气。
　　板桥钟竹子，高洁又正直，
　　　窗影摹风姿，抹笔呵一气，
墨竹瘦挺自傲毅，梅竹揖春花叶递，
兰花竹石芳劲炽，衙斋听竹不孤寂。
　　悲鸿爱写实，造型精准极，
　　　衣肤透明晰，美感又生机。
灿黄枇杷识节时，漓江春雨景旖旎，
松鹤和乐享甜世，骏马群奔志千里。

2013年5月31日

书法师祖

楷祖钟繇书妙灵,由隶入楷始创新,
刚柔相兼体瘦清,遒媚朴茂富趣情。
草圣张芝立新鼎,章草今草双蒂并,
自幼爱书习字勤,池水尽墨碑帖临。
书圣羲之楷草行,尽善尽美后世敬,
秀润清丽多姿形,天下第一有兰亭。
二王献之外拓精,风神秀逸字严谨,
无人不晓中秋名,华美流畅世慕倾。
王珣世家书香进,行笔飞扬神逸浸,
伯远名帖出东晋,三希堂里迎贵宾。
阳询唐楷登峰顶,方圆兼施字遒劲,
索靖碑前细赏品,三天三夜看不停。
楷模世南知书音,品兼五绝心沉静,
外秀内刚体温馨,生动含蓄远意凝。
遂良尤擅书鉴定,去伪存真摆公平,
俊楷婉媚隶笔隐,铁画银钩通神灵。
狂草张旭喜多饮。如痴如醉字多情,
豪纵奔放龙蛇舞,连绵回绕意未尽。
怀素狂草入飞境,神疾奇变走笔惊,
蕉叶漆盘沙地平,无纸习书佳话听。
楷圣真卿高书品,端庄厚重丰内筋,
字如其人一世英,精忠报国留丹心。
公权楷书体精紧,刚健果断如斩钉,
才智超人资聪颖,观物作书骨分明。

凝式行楷韭花馨，简静奇逸堪玩兴，
疏秀敧纵姿独倩，承前启后一红杏。
苏轼习书悬帖近，平淡天真入意境，
诗书相融行洞庭，端庄淳朴自然沁。
米芾求纸五两银，悬腕小楷得心领，
八面生锋迅笔轻，苕溪蜀素双壁映。
庭坚行风韵气盈，内结心密笔瘦硬，
长枪大戟松风阁，四面纵肆体舒欣。
孟頫习书忘食寝，珠圆玉润凌媚顶，
洛神行卷名古今，胆巴碑楷美书林。
征明小楷细婉净，泉鸣竹涧雨初晴，
西苑诗行意态盈，清逸洒脱字圆劲。
金农漆书独辟径，方垂古拙隶碑引，
质朴苍老华山帖，以拙为妍颇自信。
石如篆书封神品，篆中有隶得高评，
沉雄朴厚唐诗集，苍古奇伟虬松挺。
秉绶隶书学碑铭，以篆写隶多联楹，
苍郁古劲敬寿星，气度恢宏题喜庆。
之谦优长书画印，碑帖合融树典型，
学篆能隶师北碑，朴子行书留魏影。

2012年8月25日

丝绸绢艺

丝绶藏钱山，青台承绢片，
仰韶半颗茧，蚕史七千年。
种桑驯蚕华夏先，暖房饲养宝繁衍，
成蛹成蛾自会变，作茧自缚为衣衫。
壬茧青铜甗，商周钟丝绵，
唐宋缫丝车，脚踏有梯杆。
一茧丝长近米千，十茧定缫生丝产，
忽丝缫缀车合捻，规制花绒金银线。
瓜脂可精练，捣练用杵砧，
光泽由酶练，浓纯因石染。
朱砂茜草染红绮，黄栌槐花拌黄缣，
蓼蓝木蓝制蓝靛，花样帛匹花样线。
编架挎腰间，织机双轴传，
斜纹用踏板，综蹑双动联。
束综提花初唐现，梓人遗制罗机阐，
绞综椿子称泛扇，绞经打纬飞梭穿。
缯帛丝绨绵，纯地素缣绢，
绉绣缬绡纨，绮绫罗绸缎。
经纬织地暗花显，经纬异彩缎光闪，
彩画缂丝耀人眼，双插交织锦花灿。
牡丹秀花瓣，芙蓉露笑脸，
蟠龙形悙欢，对凤羽佼嫣。
穗状云纹印花边，孔雀鸳鸯对瑞环，
联珠团窠连花团，奔鹿丽草花枝缠。

云外飞鸿雁,苏堤六桥连,
　　花鸟乐春天,彩云赏花艳。
吴绫绝伦双林献,西湖像景衣上炫,
苏缂金丝彩纬渲,织金妆花云锦绚。
　　绣织添婧妍,蟒袍靓淑贤,
　　绸缬多缱绻,装裱缂绫面。
水蓝暗纹长坎肩,彩花滚边蓝衣衫,
红袖红裙美婵娟,盘扣旗袍倍文娴。
　　马越山绵延,驼行沙草甸,
　　星夜宿客栈,风寒又烈炎。
张骞出使两启遣,波斯西域路遥远,
丝绸茶瓷乐双边,马帮往来走海关。
　　大洋蓝无边,顺风鼓桅帆,
　　郑和率宝船,海上丝绸连。
七下西洋水路建,商贸路上丝缠绵,
吉物善意互信添,白蚕吐丝织和暖。

2013年2月26日

苏绣风采

荷包香囊信物重,鸳鸯飞燕爱情忠,
嫁妆绣衣佳闺憧,能画善绣天资聪。
沈寿开创仿真绣,细密无痕画绣同,
守玉创新乱真绣,活泼多彩画先懂。
平编网纱条纹绣,乱点虚实几十种,
绷架绷凳搁手板,立架底料针线筒。
单面壁挂画照绣,传神逼真景郁葱,
双面屏风双异绣,匠心独具夺天工。
白鹭夜景慈母咏,花猫小草爱心动,
海棠冠眉伴竹丛,鸣春图里花鸟共。
纯洁美丽白孔雀,延年长寿仙鹤松,
春回大地快乐拥,庐山秀景气势宏。
可爱鸭狗眼神炯,榴花盛开乐果农,
洞庭新貌茶新茸,叶圣陶像智无穷。
牡丹彩蝶业兴隆,金鱼碧水情意浓,
艳丽孔雀人向荣,骏马奔驰事成功。
吴地苏绣世人宠,书画丝绣相交融,
飞线走丝佳作涌,心灵手巧秀女红。
人间真情爱相通,世界钟和认睦同,
绣品虽小寓意重,真情和谐播爱种。

2012 年 1 月 17 日

龙凤瓷

瓷石高岭土，细磨勤洗淘，
盘筑轮模绕，精工胎体薄。
德化象牙白，洁白凝脂膏，
茶壶茶杯套，餐具多远销。
白中浅米黄，刻花划花俏，
定釉提梁壶，莹润灵秀巧。
哥釉冰裂壳，天然自有道，
金丝铁线嵌，梅片全身罩。
粉青梅子青，龙泉翠池浇，
盘中双鱼跳，疑是翠湖到。
钧釉缤纷游，绚丽无双抱，
如火如霞照，蓝紫入红涛。
红黄绿蓝紫，五彩花枝鸟，
浓艳明丽耀，荷池鸳鸯叫。
粉彩润柔调，繁缛华丽造，
渲染红寿桃，写意山水娇。
青花钴青料，白地蓝花描，
明净素雅高，幽靓优美貌。
釉下青花楼，釉上红叶草，
青花釉里红，上下呼应妙。
景德艺绝超，刻划剔镂雕，
诗画瓷上作，名扬四海角。

古有官民窑,今立温控窑,
美奂龙凤瓷,唤人尽志豪。

2011年12月19日

神 州 茶

西湖龙井碧绿清,茶中玉芽飘浮轻,
明前莲心难得斤,香气锐久馥郁馨。
碧螺银白嫩翠隐,绿玉清澈幽香情,
探得洞庭枇杷径,天然芬芳御名赢。
黄山毛峰云雾浸,显峰露毫片黄金,
轻揉慢捻翻叶勤,甘甜醇厚茶明净。
君山银针金镶玉,清鲜甘醇香醉宾,
一斤鲜芽万片心,三起三落见真情。
庐山云雾盘山顶,芽似兰花貌相近,
幽细绿润清香悠,从容舒展将客迎。
太平猴魁茶中鼎,云海缥缈入仙境,
二叶一芽弄猴形,上午采来下午订。
祁门红茶高香型,红艳明亮细尝品,
玫瑰芬芳迷人津,兰香果香茶中凝。
安溪明珠铁观音,球状乌龙卷曲紧,
琥珀茶汤兰花香,清新悠长香满厅。
白毫银针出福鼎,忽上忽下不平静,
毫心肥壮银白亮,杏黄清香心神宁。
六安瓜片古闻名,嫩梢壮叶采制精,
宝绿上毫片匀平,清香碧绿茶亮晶。
茉莉毛峰携手亲,茉莉银毫互传敬,
洁白光润茉莉花,芬芳扑鼻香清新。
肉桂水仙条壮挺,桂皮兰花香充盈,
橙黄清澈如水晶,滑润甘爽醇厚劲。

云南普洱古董茗,茶马古道运茶饼,
春尖谷花芽叶佳,醇厚陈香慢斟饮。
武夷奇葩大红袍,千年古树留基因,
乌黑油润佳上品,岩韵浓浓世人倾。
功夫茶道可醉茗,三分醉来入诗境,
消虑清体抗疾病,思路敏捷上快径。
文明古国茶艺精,茶场茶馆如繁星,
香茗深受大众喜,神州大地茶事兴。

        2011 年 12 月 8 日

宜兴紫砂壶

　　茶叶入，泉水注，
　　香气浮，醇汤出。
一把茶壶真情露，贴身相伴甘为仆，
辛勤耕耘不受禄，换得茶友心神补。
制造茶壶先作图，风化矿石拣泥土，
紫泥朱泥赵庄泥，精料精制精美壶。
身桶底盖皆和睦，嘴钮手柄无缝处，
刻绘镂空饰雕塑，调沙泥绘釉彩傅。
掇只掇球一粒珠，饱满流畅圆如鼓，
犀灯狮灯鱼化龙，生动别致动感足。
牛盖洋桶上新桥，古朴典雅如画幅，
钧釉珐琅描金壶，富丽工致亮艺术。
松段竹段诗意赋，瓜棱菊瓣寓意富，
石瓢虚扁刻字素，提梁茶壶绘画谱。
双鱼戏水如临湖，四方如意气大度，
松树山石赐健驻，粉彩百果将福祝。
宜兴制壶史久古，精品大作留功簿，
工艺大师技艺录，继人志将新辉铸。

　　　　　　　2012 年 1 月 12 日

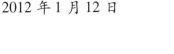

和田玉珺

白玉受宠元明清，精光内蕴温润形，
龙凤呈祥玉扁瓶，美轮美奂作吉庆。
活环菊洗笔墨情，花纹盖碗品龙井，
松山楼阁居寿星，五老山子聚佳境。
羊脂白玉贵如金，细腻光泽油脂凝，
内润无瑕高洁净，外柔内刚玉中鼎。
精雕仿古海棠瓶，美润嫩白肌如冰，
丰满逼真节节高，露藏浮雕显竹灵。
白玉籽料河水浸，金黄红皮难得斤，
脂白均匀细密硬，滋润柔美无庇阴。
掏膛厚壁祝寿壶，雕琢规整无痕印，
深浮镂雕赏菊图，重阳结伴诗歌吟。
青黄碧青竹叶青，青玉油脂亮晶莹，
竹节茶壶壶口平，浮雕精致妙手柄。
凫式砚台字帖临，寿字笔洗碧水清，
洗象童子献爱心，十二花杯合家亲。
黄玉稀少半透明，鸡油蜜蜡冻成晶，
乳丁纹饰大圆壁，均匀柔和吉利信。
夔凤纹觚美酒敬，玉兰花杯香茶饮，
荷花童子慈善心，五谷丰登佳年景。
墨玉纯墨呈佳品，墨白联体巧设定，
花饰繁缛链条瓶，阴阳线刻合缝紧。
坐孤峰顶钓鲤鱼，浮雕玉牌示心境，
厚德载物牛憨厚，惟妙惟肖耕牛勤。

碧玉鹦哥松花绿,葱郁纯正碧绿盈,
圆雕浮雕八骏马,生动传神响蹄音。
玉簪细长盘发紧,玉蟹动感方才醒,
薄壁对碗互照应,薄胎梅瓶双直颈。
和田玉石古时兴,技艺传承博时今,
扬州苏州沪广京,名艺流派遇知音。
工艺大师作品新,寓意深远智聪颖,
精美绝伦寄深情,瑞器共将盛世迎。

2012 年 1 月 2 日

寿山田冻石

寿山云天碧,绵亘数十里,
涧曲溪湾泉漉湿,岩窦水田蜡冻逸。
田黄石品极,温润又瑰丽,
晶莹剔透细柔密,灵纯红黄如凝蜜。
红田石如脂,细腻又嫩质,
泛羞红晕染橘皮,鲜艳通明蕴情致。
白田石如肌,微透又白皙,
筋缕脉络萝纹细,蛋青淡黄洁皞第。
高山冻石迷,通灵似凝腻,
棉花细纹隐约觅,红黄朱砂娇欲滴。
芙蓉石罕稀,光润又糯滋,
珍珠明泽赋灵石,似玉非玉媚无比。
桃花冻石奇,莹洁又妍丽,
浮红点点漾清碧,胭脂粉渍洒内壁。
山头形太极,冻石温嫩体,
白如水晶探海底,红如晚霞映天地。
田冻施薄意,尤物融画理,
浅浮剔地去瑕庇,风情花语酌韵诗。
印钮雕龙螭,活灵富魅力,
精湛纯熟圆镂透,惟妙惟肖神情怡。
传奇三连玺,一石并三蒂,
链雕巧镂顾彼此,环环活扣高技艺。

寿山田冻石

金石刻篆字,古韵书香气,
风流石章留韶世,文采菁华积睿智。

2013 年 3 月 8 日

明清家具珍赏

　　榫卯紧衔吻，束腰美体身，
罗锅霸王横支枨，挂牙花扳雕花珍。

　　浓淡黄花梨，鬼面流云纹，
冠木温润又柔韧，雨天幽香溢阵阵。

　　紫檀紫枂称，绞丝蟹爪纹，
黑黝静穆又古沉，鬃细显贵豪气盛。

　　红木老酸枝，直丝年轮纹，
坚硬细密赭红深，厚蓄隐贵泽宜人。

　　明式自别甄，淡雅清朴澄，
素简洗练清风生，明快脱俗逸气升。

　　清式一木成，雕琢华丽胜，
宽绰厚壮具重稳，嵌纹繁缛富贵臻。

　　方桌四边等，四棱四平稳，
束腰挂牙腿壮硕，八仙桌上美酒斟。

　　圆桌无角棱。鼓形情趣丰，
五龙戏珠花足枨，束腰花牙添气氛。

　　书桌台几分，多屉管脚枨，
桌面宽裕蕴诗文，笔墨砚纸伴书灯。

　　圈椅鹅脖伸，曲线听琤琤，
背板透雕麒麟神，券牙矮老托泥掌。

　　扇形官帽椅，搭脑朝后摁，
牙子沿边灯丝纫，背浮团窠万寿藤。

　　秀美玫瑰椅，崇饰华丽增，
卡子花团缀横枨，背牙扶牙螭花奉。

气派太师椅,灵芝卷云纹,
搭脑厚实头可枕,山水云石激振奋。
坐墩鼓形凳,座面海棠棱,
托泥龟足束腰身,膨牙鼓腿花卉纹。
茶几茶韵承,四边隔两层,
四腿外翻卷云足,洼沿束腰寿牙纹。
顶竖双橱门,浮纹鱼蝠藤,
高足马蹄云牙纹,鎏金面条亮铮铮。
书橱藏书本,牙板花鸟纹,
上节围栏亮格层,下节暗屉缠枝门。
满雕古董橱,碧玉木雕陈,
上层三格玻璃门,下柜珍藏古续赓。
梅枝博古架,明瓷清石真,
多宝亮格前无门,屈柜扇章闭门羹。
闺房梳妆台,奁匣贮脂粉,
三扇镜屏照颜颈,玉钗柔梳青鬓嫩。
琴桌搁古筝,舒卷似曼妲,
花牙花腿嵌玉片,超逸隽秀妙乐声。
大案一木成,牙腿夹头榫,
绦环板上花缤纷,狭长画卷案上呈。
清灵架子床,美人睡安稳,
三弯腿足壮实甚,棍子花围护棕绷。
罗汉湘妃榻,小憩半时辰,
鼓腿膨牙高束腰,卷草围子生甜梦。
花几托花盆,高挑无隔层,
束腰花牙马蹄足,透空玲珑馨香闻。
落地立屏风,墩座担重任,

双面浮饰嵌百宝，描金施彩仙境臻。
　挂屏云石衬，天圆地方整，
鎏金掐丝缀螺钿，瓷画典故正启蒙。
　画框竹节纹，梅兰竹菊贞，
水墨丹青行草真，诗画驭情壁上骋。

2013 年 3 月 25 日

礼乐青铜器

商前夏禹殷,汉前周姬秦,
冶炼精铸正热行,青铜器皿入宫廷。

盛馔用大鼎,宴飨款臣民,
双耳兽足圆矩形,饰云纹龙刻功铭。

常饪用鬲皿,粥中八宝并,
大口锥足腹袋形,兽纹精美束圆颈。

匙子疏匕名,挹取自持秉,
前勺凹肚桃叶形,龙凤花纹镌扁柄。

盂中盛汤冰,摄补鲜汁品,
圆盖深腹钮瓜形,卷鼻象首缀扉棱。

簋中饭香馨,脾胃觉舒沁,
捉手圆盖覆碗形,龙首壮耳显力挺。

豆中调味品,荤素腌酱浸,
捉手圈足皆有柄,攀壁四虎助雅兴。

饭盨椭方形,腹盖纹沟鳞,
四足四钮两冲耳,足饰蹲人臂举擎。

饭簠长方形,器盖体相近,
合时米饭置多斤,分则各半两同平。

饭敦西瓜形,球面纹饰精,
几何圈纹环盖顶,蟠蛇纹中缀乳丁。

炊食以釜爨,壁内有鎏金,
侈口鼓腹圆底平,辫索三角纹素清。

甗体烹煮皿,弇口又隔箅,
上甑下鬲热气淋,蟠龙夔龙纹腹颈。

甑锅蒸什锦,管柱热气进,
侈口鼓腹弇釜颈,光素筒纹器淡定。
爵杯斟酒饮,流槽对口倾,
半环提鋬宜持秉,饕餮蕉叶纹衔景。
角杯开怀饮,酒中酌真情,
盖腹内壁铭文隐,三棱锥足纹蝉影。
觚杯喇叭形,圈足修长形,
上口流槽玉液引,对酒当歌酣畅尽。
觯杯椭圆形,颈束腹鼓挺,
慢啜趣聊细呷品,半醉方休入梦境。
大彝多扉棱,方盖似屋顶,
兽龙雷纹四隅临,美酒丰足乐津津。
金罍敛腹形,圆肩短脖颈,
腹侧前下置穿鼻,酒香扑鼻浓盈盈。
小斝足长欣,温酒添厚劲,
方口外侈兽首鋬,口沿双柱宜灌倾。
中卣酒浓情,贵宾如至亲,
器盖华丽增喜庆,提梁纹龙亮宴厅。
觥盖造龙形,笑齿大眼睛,
纹鸟壮鋬八扉棱,相敬斟酌客杯近。
尊口大方形,折肩又长颈,
四羊踞腹吉祥临,醇酒香甜瑞年迎。
圆瓿厚重型,联珠弦纹新,
腮泛红晕酒上劲,神驰骨舒履轻盈。
酒壶匏瓜形,鼓腹又侧颈,
提梁鸟盖链系定,花纹纤细风魏晋。
缶似大口瓶,打酒便携拎,

腹上四钮系提绳，长篇铭文施错金。
　　圆罐水碧清，透澈又明净，
腹肩双耳栓提梁，中圈细纹饰淡轻。
　　匜器注水皿，流体鸟兽形，
长槽浅腹龙首鋬，宴前沃盥脸手净。
　　调酒用盉皿，流管液味新，
圆盖提梁环索定，型体秀巧且轻盈。
　　奉盘进盥请，沃洗又授巾，
敞口浅腹置足耳，夔凤回云纹晰明。
　　鉴盆以水镜，照面理髻鬘，
龙耳大口方圆径，几何云纹饰腹颈。
　　乐铃花蒂形，车挂或悬拎，
甬腔体口喇叭状，振铃颤舌播清音。
　　击铙止鼓鸣，进退发号令，
腔体宽大口弧形，云雷纹中饰乳丁。
　　乐铎似大铃，长鋬以执柄，
振舌共鸣传远音，枚篆阴刻加文铭。
　　挂錞碓头形，伴鼓相和鸣，
大肩收腰筒圆径，隧部槌击声空灵。
　　甬钟编组定，高低乐律听，
时空穿越漫月星，枚饰篆纹衬金音。
　　击鼓振人心，氛围添吉庆，
鼓面圈足大圆径，胴腰晕耳纹花锦。
　　瑰奇古铜镜，照面光滑明，
背纹巧雅错金银，方圆钮座柿蒂形。
　　宣德铜香炉，珠光宝气凝，
乳足底款冲天耳，包浆浑厚沉祀情。

夏禹铸九鼎，宣炉唐花镜，
车马飞燕长信灯，九州青铜艺绝顶。

2013 年 4 月 10 日

折扇风韵

紫檀香檀扇骨贵,湘妃玉竹骨中闺,
熟纸素笺描花卉,金笺银笺书画绘。
线刻微刻精细最,镂雕浮雕艺荟萃,
镶嵌髹漆似玫瑰,拉花烫花如金桂。
清隽雅逸山石水,村舍其中渔舟归,
青烟袅袅油米炊,家人备齐团圆会。
彩笔写意红梅绘,老干嫩枝花芽催,
傲雪凌霜寒风吹,意志坚强不畏退。
红荔丰盈枝上垂,浓枝密叶佳肥追,
辛勤耕耘结硕果,摘得玉果可口嘴。
清水红鲤荷花翠,鱼儿欢跃空中坠,
年年有余心平对,知足自乐活百岁。
温文尔雅砚墨推,健朗秀丽毛笔挥,
浑厚灵动字意随,雄伟逸气借朝晖。
秀劲清雅名帖馈,气度闲雅佳人回,
传神达妙心领会,意境清丽集智慧。
一面诗文一面画,轻摇轻拂若人醉,
诗情画意蕴祥瑞,一年四时紧相随。
字画折扇艺中魁,珍赏潇洒两乐惠,
中华情怀扇中汇,千年古扇今生辉。

2011 年 12 月 12 日

竹木毓婉

竹木雕始初,人俑鱼马狗,
形象夸张特征逗,刻法简练神态悠。
鉴真离扬州,檀佛有千手,
五代金木浮龙凤,缠枝牡丹蕙草幽。
明清技繁缛,竹木器胜筹,
精美绝伦浮镂透,风格别致将瑞授。
龙形门梁构,棂格窗壁秀,
雕梁画栋堂抖擞,古雅静穆书香楼。
牛腿连挑头,檐下出风头,
山水人物圆雕修,传奇故事将心扣。
门窗绦环板,浮雕多讲究,
杨家将士壮志酬,浅雕神韵夺眼眸。
通雕联镂透,立体顾四周,
红木花篮又蟹篓,封神榜上有弯柳。
东阳擅木雕,民居多雕楼,
繁花集锦如织绣,娴熟精湛名声优。
金雕凤潮州,梁屏家俱鬏,
红漆金箔饰雕木,华贵犹如披金绸。
黄杨出温州,百岁尚年幼,
梅花笔筒将韵收,倚床仕女正恬休。
紫檀如潜舟,细密纹紧凑,
玉兰笔筒古物旧,包浆光泽似紫釉。
旃檀制香油,扇骨香熏袖,
嫦娥奔月捧桂酒,昭君抱琴将远走。

竹木毓婉

　　嘉定出竹刻,留青得竞求,
松鹤笔筒御笔投,山水臂搁寓逸寿。
　　金陵盛竹刻,浅略并雕镂,
松壶古雅不释手,镌花修草思春游。
　　竹刻兴徽州,字画功底厚,
西厢笔筒工精柔,松下莺莺敞心窦。
　　留青竹皮雕,浅浮造仙洲,
花鸟臂搁荷悠悠,山水笔筒立阁楼。
　　竹根如圆球,圆雕成挚友,
寿星鹤发笑开口,玩狮嬉球尾甩扭。
　　竹簧出黄岩,片如象牙绉,
平整光洁作盒柜,山水花鸟归乡畴。
　　竹刻有拓片,复纸可印留,
乌金拓片墨重厚,蝉翼拓片墨薄透。
　　竹杖字画修,神力传臂肘,
菊石寿桃视觉牛,脚下生轻风飕飕。

　　　　　　　　2013 年 2 月 8 日

绝活手工艺

蚕丝绣衣衾,荷包背兜心,
彩线微针爱意凝,鸳鸯牡丹凤麒麟。

缫丝编纬经,缯罗绸缎绫,
缂丝葛纹织彩锦,花卉缠枝鱼红金。

镂金取胜名,枚枚春红情,
袖中剪字刻纸精,墙花窗帖透倩明。

木版年画兴,驱邪纳福进,
钟馗叔宝威凛凛,娃娃戏鱼风雨听。

唱说演皮影,戏曲缩微型,
侧装绚丽身俏挺,夸张诙谐语帖近。

鹞鸢风筝亲,空中飞纸禽,
缚竹糊腔彩蝶蜻,借得春风高踞凌。

泥塑璞真赢,件件皆孤品,
手捏上彩雅拙形,天女散花指轻盈。

元宵星月明,彩灯相辉映,
走马宫灯生肖迎,龙飞凤舞吉瑞庆。

葫芦同匏名,釉彩绘花瓶,
戏文典故刻烙印,圆态端庄体洁净。

糖稀流细菁,一笔勾丹青,
饴糖吹塑巧成型,翠羽孔雀开丽屏。

青田石通灵,寿山田黄晶,
浮雕镂透琢圆津,石狮石牛闪琳璟。

镌刻竹留青,花鸟山水亭,
自然天趣诗同行,笔筒臂搁文韵沁。

黄杨木细硬,淡香又淡金,
长绸卷舞女才婧,千里单骑老寿星。
　　棕竹纤细情,玉竹骨玉清,
扇面赋诗画丹青,和风扑面心神定。
　　茶壶形瓜棱,钮盖弇口平,
耳嘴提梁条曲挺,龙井碧螺浓香馨。
　　发丝刻联楹,珍珠镌文铭,
微米雕字功细劲,善书篆隶楷草行。
　　剔红先髹勤,百层漆固勍,
龙凤花饰山水景,杯盘奁盒纹红锦。
　　鼻壶扁晶瓶,钩笔画丹青,
梅兰竹菊内画映,西厢红楼壁内吟。
　　章石作刻锓,青铜镌篆印,
方寸书秀百家姓,金石玉玺把掌心。
　　彩蛋内空清,外壳画逸静,
梅红荷翠喜鹊鸣,幽物缀室升温馨。
　　绢人姿娉婷,娇容眉秀清,
十二金钗身罗绫,绣衣佩带云髻青。
　　雕砚圆活劲,石质肥润津,
松烟油烟水墨浸,凤池龙台笔蘸尽。
　　彩陶脸谱亲,剧照粉丝盯,
萧升关羽受恭敬,佑福佑安将神迎。
　　智慧手工艺,长河洗练定,
脍炙人口乐百姓,传承提升人脉亲。

2013年4月22日

北京风筝

竹枝木条镶榫头,安楔插签紧肋周,
糊纸帖绢将身构,精心制作雏形就。
浓粉重彩绘白绸,娇艳绚丽吉意侉,
惟妙惟肖画巧侉,活灵活现疑真否。
平衡支点栓线钩,和风匀力举鹞鸥,
迎风赳赳翘昂首,慢跑拉升越梢头。
桄子转动线出轴,边放边提更上楼,
一根银线连挚友,天上地上情由由。
小凳围坐众亲友,边看边聊神抖擞,
递怡增悦促交流,追梦遐思鹄志酬。
唐僧师徒正西游,悟空八戒喋不休,
蜈蚣长串似醉酎,千脚细细空中走。
龙头长串姿曼柔,翻腾犹似舞红绸,
四蝶相逢喜邂逅,成双结对互恪守。
沙燕长串如细柳,矫姿轻健鸣啁啾,
宫灯匹对吉成偶,高悬懿将福光投。
碧蓝天空似海畴,难得天上飞龙舟,
牧童吹笛骑水牛,似闻清脆声悠悠。
八仙过海空中瞅,凡间春景羡眼球,
仙女飞天意未尽,牡丹西厢真情诱。
鸽子放飞遨空游,和平信使将谊投,
鸳鸯比翼齐翔翥,恩爱终生结佳偶。
田园上空飞海鸥,稻波麦浪似金绉,
凤凰双飞呈喜奏,伉俪拜堂动怩忸。

鹰遨长空雄赳赳,豪情壮怀志不踌,
双蝶翩舞梁祝俦,真情眷属成好逑。
双鱼卧年寓丰收,年年有余可酿酒,
京剧脸谱空中秀,戏曲艺术如珍馐。
红鲤欲试跳龙门,状元榜眼满箩篓,
鱼龙将化励知求,学研奋进成优秀。
北京风筝历远久,鲜明豪放工讲究,
规整雅丽趣意逗,爱看耐瞅引世眸。

       2013 年 12 月 18 日

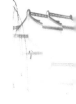

京剧魅艺

徽调昆曲混合唱,西皮二簧伴行当,
生角旦角丑净角,唱念做打俱流畅。
委婉动听真假嗓,有板有眼似水淌,
京胡大锣音高亢,月琴小锣声清朗。
手帕扇子髯口功,水袖甩发折衣裳,
耍翎踢蟒弄褶襞,空翻跟斗技高强。
剧中行头古时尚,斑斓多彩绣花样,
蟒靠帔褶冠鞋帽,耀眼夺目秀古装。
京剧脸谱十二样,揉抹勾脸意夸张,
精巧绚丽人物像,喜怒哀乐写脸上。
青衣花旦梅兰芳,醇厚流丽富蓄唱,
甜润甜亮绝嗓腔,华美艳丽矫健相。
功善水袖尚水云,声姿阳刚情激昂,
嗓音宽厚腔酣畅,刚健婀娜仪大方。
悲情凄婉程砚秋,幽咽回环颤音强,
深邃曲折独唱腔,柔美之中露锋芒。
俏皮活泼荀慧生,柔媚婉约动形象,
轻盈谐趣音可妆,柔和圆润采新腔。
积德善缘锁麟囊,堂前巧辩慧红娘,
和番昭君汉明妃,霸王别姬惜箴讲。
木兰从军志高昂,桂英挂帅旌旗扬,
芦荡火种沙家浜,铁梅擎灯心红亮。

京剧艺术名四方,国粹魅艺世人赏,
流派纷呈人才旺,盛世梨坛更辉煌。

2012 年 1 月 21 日

曼婉昆曲

元末明时初,昆曲篮中孵,
玉山草堂升氍毹,吟侣曲友神情注。

平门桃花坞,声出唐寅府,
华辞丽藻律音度,清曲唱工亮姑苏。

昆山魏良辅,洗尽乖声数,
腔调糍糯似水磨,别开堂奥尊曲父。

平上又去入,字音匀毕露,
四声腔格定音韵,清晰圆净把字吐。

磨腔十四出,南北融一炉,
曲弦檀板拨丝竹,板眼分明由笛鼓。

启口轻圆出,收音纯细束,
娇喉婉转音圆珠,声遏行云歌激澍。

昆山梁辰鱼,浣纱剧曲著,
吴越春秋风云录,西施佳人传千古。

沈璟记义侠,武松打恶虎,
词出秀肠却质朴,歌称萦梁且通俗。

临川汤显祖,牡丹亭著书,
丽娘梦梅生爱慕,惊心动魄感肺腑。

李玉写花魁,诚实真爱组,
湖楼劝妆又受吐,秦钟瑶琴良缘祝。

兰花指点杵,转眼挤泪珠,
劈腿涮腰穿蟒步,四功五法唱念舞。

生旦净丑副,集秀班底足,
鸿福班游浙晋路,章雅全福誉满沪。

明清鼎盛处，昆伶人辈出，
进京献艺花锦簇，大江南北羡众目。

紫稼演生角，铁汉亦泪哭，
旦角凤林赶场赴，轿后观众随行步。

明智扮净角，兜鍪锈铠酷，
第一昆旦朱莲芬，绣装扮相神韵足。

名丑扬鸣玉，演活娄阿鼠，
足捷如风行神速，身轻跃纸似鬼浮。

同光十三绝，名伶秀质富，
曼声玉润音圆珠，体裁窈窕姿艳妩。

昆曲百剧目，菊坛称戏祖，
众戏滋生得育哺，折戏三百裕昆库。

兰芳研昆谱，振飞昆调熟，
小云昆腔昭君淑，慧云昆戏春香素。

习所授学徒，传辈接戏服，
月泉德高艺娴熟，斌泉彩金鼎力助。

阳光照菊麓，昆台春风拂，
继承弘辈出茅庐，遗产磨腔世人瞩。

京宁湘浙沪，苏昆进学府，
科班昆艺传承人，滋养高雅新政护。

古典戏苑圃，长史积厚储，
昆曲精英心力筑，文华艺粹果丰阜。

牡丹花香馥，浣纱溪长汩，
西厢琵琶月十五，梨园昆树常青梧。

2013 年 5 月 9 日

弹词妍艺

桌围椅披艳,琵琶伴三弦,
醒木手帕搁折扇,双档弹词唱开篇。

说功当为先,表白叙议衔,
通俗口语抒情感,吴音魅力尽言间。

趣味嚎中含,入戏觉渐渐,
引申穿插话题悬,幽默风趣添笑点。

曲牌又赋赞,水巷雅声翩,
书情接榫唱一段,情志楔文授陶然。

乐自水江南,清柔又委婉,
拨弦滚指琴缱绻,自然亲切曲妙曼。

坐立姿大端,面风又手面,
起角会神聚精气,长衫旗袍妆素嫣。

书场多老年,中青赶时鲜,
听书品茗温故典,多调多派择可餐。

陈调嘉庆年,俞调道光年,
蜻蜓金锭白蛇传,流利唱工清丽言。

马魏小阳调,节奏善多变,
叠句快唱珍珠塔,叙事描摹刚柔兼。

祥夏和周调,平缓又舒展,
红袍金凤笑因缘,激越跌宕扣心弦。

沈薛徐姚调,明快又糯软,
行腔自由随字转,修撰三笑秋香篇。

仲康祁张严,擅唱凄哀怨,
珠凤美图杨乃武,人情世故褒真善。

蒋调腔浑圆,杨调曲紧弹,
西厢金凤长生殿,满座熙熙似美筵。
琴侯述情缘,跳跃又婉转,
梁祝琵琶落金扇,情节起伏气势巅。
丽尤月飞调,柔和又响弹,
十娘丽君钗头凤,行云流水吟人间。
弹词二百年,秀曲蕴书苑,
喜闻乐见韵隽永,人文精神书中延。

2013 年 5 月 20 日

紫檀二胡

天华彦均琴心悸,创谱撷音二胡魂。
月夜二泉曲朴淳,清澈明亮佼露润。
紫檀琴筒蟒皮匀,马尾银弦音柔纯。
抑扬顿挫律曼婉,琴人合一韵浓醇。
拉拖平直力宜均,琴弓伸出腕转寸。
推进一线音稳顺,竹弓收回腕内屯。
长弓满程臂下沉,力集一点出佳声。
渐进换弓音无痕,突变换弓音头蹾。
顿弓短促音秒盹,铿锵有力劲提振。
快弓迅捷小臂抡,活泼轻快如粒坤。
跳弓弹音大臂抡,自然起跃情激奋。
颤弓抖音如滚琛,气势强烈心地震。
断弓马尾浮弦身,间歇发声力有甄。
抛弓起落音短瞬,尤似奔马蹄音滚。
垫弓甩腕音弹韧,戏曲渲染情致甚。
波弓起伏音连亘,似断若连同漪沦。
揉弦圆柔饰音纹,滚压滑指屈伸摁。
颤音打弦二度分,活生灵动缀绣珍。
拨弦滚指弓片盹,场景热烈烘气氛。
泛音双指换把准,和弦上滑似落填。
上下滑音妆音雯,风情格调饰彩粉。
滑音回转音囵囵,一抹一带韵诜诜。
二泉映月心如春,刚直奋进赢世尊。
月夜皎洁度良辰,风清星烁绮思忖。

江河水边泪涔涔，悲情凄意化水雾。
病中吟里情缠身，揉音起伏律深沉。
空山鸟语不见人，花香掩翠风和温。
采茶扑蝶笑声闻，大红袍叶香又嫩。
紫竹调里听侬讲，明快舒畅不泛困。
杨柳青石河边村，拔根芦柴花纷纷。
赶集心悦风含芬，幽默诙谐逗嘴唇。
草原节庆赛马奔，拨弦抛弓人振奋。
梁祝化蝶爱情真，娟婉音符叩心门。
春江月夜花香吻，江楼渔歌心如琨。
如歌如述心衣揾，如诗如画动魄魂。
优柔美妙颂忠贞，新人新曲如春笋。

2013 年 6 月 10 日

帖膜竹笛

巧选竹管甄佳芦，八星帖膜丹气吐。
明亮高亢梆笛助，清脆秀丽曲笛赋。
豪放粗犷音畅舒，婉约华丽调古朴。
明透流利韵气富，奏毕梆子伴氍毹。
轻吐音头尤清楚，连音一气多音符。
单双顿音吹吐酷，大跳吐奏音八度。
重音有力借腰腹，断音粒感音短促。
保持音符时值足，泛音细风弱气束。
颤音抬指击二度，波音二度声起伏。
打音加花邻音辅，叠音瞬倚抬按速。
赠音后倚如回绒，滑奏上下渐量抚。
花舌卷气打嘟噜，揉音来回指飘拂。
飞指抹奏同落珠，轮指交替似滴潲。
剁音气指力迅突，历音上下按定数。
震音扇气指频浮，腹震绵延似丘阜。
前句将末换气入，循环换气音长输。
美感悠悠行姑苏，醉景忘返满雅袄。
水乡船歌萦河埠，舱满心悦不重橹。
妆台秋思中原浮，昭君心牵乡亲属。
久别相逢喜心圃，旧时惜离千叮嘱。
牧笛悠扬草青溥，牛羊成群白云浮。
秦川抒怀情意露，锦绣壮美心底驻。
幽兰逢春花唇吐，馨香清雅沁心腑。
春到湘江碧波逐，笛声柔美蕴花鼓。

牧民新歌跃音符,策马扬鞭蹄声促。
小放牛曲恬美富,田头牧童问村姑。
荫中鸟鸣声起伏,生态自然返真璞。
山谷田埂飞鹧鸪,灵鸟欣羡归春图。
梅笛启奏虽远古,子春松庭最卓著。
笛音袅袅山轻舞,涟漪贤动云霞淑。
涧溪清澈流汩汩,山花烂漫香馥馥。
林中鸟语叽咕咕,鱼队游曳悠笃笃。

      2013 年 6 月 20 日

帖膜竹笛

红酸枝琵琶

千呼始出琴婵媛,犹抱琵琶半遮颜。
梨形曲项桐木面,酸枝背板镶螺钿。
转轴拨弦三两声,优气雅质端倪现。
弦上相思指挑弹,盘中纷纷落玉瑶。
北朝隋唐琴技炫,敦煌飞天擅反弹。
苹林庭亭琵琶园,大师曲谱才艺绚。
文曲细腻如轻涟,武曲气势如飞泉。
柔和纤巧感孵燕,刚劲有力动鸿雁。
双弦弹挑声一点,四弦扫拂动肘腕。
挂临挑奏音连贯,撇分力指虎口圆。
滚指急速音粒感,摇指音密如珠串。
上出轮指半握拳,全轮半轮又双满。
纵横摆指揉吟弦,品位变音可推挽。
上绰下注指滑弦,击打音位用指尖。
带起撒音指拨弦,泛音自然可轻点。
摘奏拟声指抵弦,煞奏钹音指浮垫。
马嘶弃甲用绞弦,击打放炮可拍弦。
弹拍面板鼓声传,伏手捂弦余音敛。
琵琶伴行思连绵,艺绝洒脱逸超凡。
十面埋伏旌旗展,铁骑驰骋号震天。
琵琶细语声呢喃,双燕比翼情缱绻。
霸王卸甲悲壮渲,别姬凄切肠欲断。
阳春白雪生机现,虽寒乍暖梅花绽。
雨打芭蕉滴涓涓,硕叶濯翠乐涣涣。

飞花点翠雪舞旋,村头客松姿秀健。
思乡曲里生挂牵,相隔千里浓眷念。
昭君出塞为和番,车队渐远思沉甸。
金蛇狂舞人亦欢,甜美馨悦满心间。
天山之春人迷恋,载歌载舞忘归返。
草原姐妹斗风寒,人小奋护羊群安。
铮铮玉音入耳冠,颐心懿魄倩觉缤。
清澈明亮映婵娟,美妙生动蕴曼嫣。

      2013 年 7 月 2 日

红酸枝琵琶

大叶紫檀古筝

瑟半为筝始先秦,长弦弹拨动人心。
琴匣横空音妙灵,舒臂曼奏姿娉婷。
梧桐面板拱弧形,大叶紫檀侧板挺。
玎玎玲玲金玉音,滑指揉弦万种情。
慢板柔美赋温馨,快板华彩渲欢欣。
音韵雅蓄意象明,情景交融入佳境。
浑朗如眺山黛菁,清亮似见泉碧盈。
流利轻快甜心吟,别致幽雅趣情萦。
食指抹弦往掌心,中指勾弹往里行。
拇指托奏向手心,打弦独奏指无名。
大撮勾托八度音,揉弦起伏波粼粼。
小撮抹托二度音,托劈里外力等平。
中指连勾音上进,花指连托颗粒明。
滑音上下指徐行,刮奏历音水洄潆。
按压左弦得半音,双手抹奏指腕灵。
分解和弦依次行,双手和弦双档拼。
琶音骤升四弦音,摇指连贯半拳形。
分指轮奏有序行,扫摇同时双技并。
高山流水曲中隐,伯牙鼓琴遇知音。
春涧流泉水丰滢,潺潺汩汩泽茂林。
渔舟唱晚丹霞映,归帆渐现点点影。
蕉窗夜雨雷声鸣,檐水滴叶似落瑾。
出水莲荷身丽清,粉花晕红蕊丝金。
霓裳曲里描仙境,嫦娥翩舞月宫庆。

莺啭黄鹂鸟嘤嘤,青山蓊蔚乐飞禽。
锦上添花帛荣兴,绣上裙袍吉衣衾。
枉凝眉里黛玉吟,红楼不如爹娘亲。
旱天涸末雷作兴,甘霖欲降喜泪盈。
将军令里鼓号紧,破阵得胜凯师迎。
战台风里危急濒,船工埠人奋力拼。
牡丹苑里响筝琴,心驰神往步乐亭。
古朴典雅听婉近,玉筝淑媛娟心浸。

       2013 年 7 月 11 日

乐圃撷秀

宫商徵羽角,古音定基调,
五声七声音阶跳,调腔扬屈律旋翘。
阮柳琵琶抱,唢呐伴笙箫,
古筝二胡谐笛缭,锣鼓扬琴击打敲。
吹打氛热闹,丝竹情柔娇,
协奏配器相彰妙,管弦气势营宏浩。
八音和鸣叫,韵飞心神袅。
跌宕起伏魂魄摇,抑扬顿挫雅趣饶。
音元通心窍,谱曲同撰稿,
格致场景弦上描,世态内心指间撩。
娴熟炫技巧,华彩如霞照,
乐氛氤氲温心苞,赐欢授乐花颜笑。
林中美喉叫,嘤嘤婉声闹,
百鸟朝凤将喜报,振翅摆翎齐舞蹈。
点睛动睫毛,蓦地腾起跳,
蛟龙嬉舞翻空遨,欢天喜地闹元宵。
锣鼓渐近敲,宅前点鞭炮,
喜临门来人乐陶,亲友拜谒忘睡觉。
秋夜月明皓,花街烛灯照,
观花灯来猜谜奥,织女牛郎邂逅巧。
除夕新年到,家家摆佳肴,
迎新春来尝年糕,来年丰收节节高。
红绸尽秀抛,童女走高跷,
金蛇狂舞人如潮,喜气洋洋上眉梢。

声声激致苗,点点落韵梢,
凤阳花鼓使上导,攀崖磴梯凌岩峣。

新岁心志高,尊长施旌褒,
恭喜发财送红包,奖励小辈品学好。

盘音上云霄,曲中无限瞭,
万年庆里颂扬调,盛世劲松永菁葆。

红鼓挎齐腰,咚咚两边敲,
大秧歌来身扭摇,鼓阵喧天志壮豪。

乐步轻悦跑,烦恼一路掉,
娱乐平生逸神飘,贤德在身脱俗套。

情受弦律召,心随谱线翱,
春节序曲欢乐调,雁携鸿梦飞天昊。

古弦羡今朝,丝竹愉春早,
欢乐颂里春光耀,旖旎明媚致年少。

石路夹河道,店家忙喝吆,
桥街熙攘货琳琅,闺秀才子步逍遥。

音中见掌艄,曲中闻香稻,
江南春里乡韵饱,鱼米之乡文丰饶。

竹林又春晓,鹂莺啁啾叫,
上山采笋满箩挑,青竹依依心娟瑶。

湖泊水浩淼,河溪多石桥,
水乡乐来操橹棹,送菜载客忙船嫂。

千里不觉遥,有缘真情告,
双双拜堂尽礼孝,叆酒合衾美眷好。

音流潆洄绕,曲浪推高潮,
普天同庆万众笑,天上人间共乐陶。

柔音替柳桃,丽调代花鸟,

梁祝结拜在草桥，挚言相诉慕语表。
　　芬芳满山坳，花白如玉姣，
茉莉花儿怀尚操，清香玉洁高韵着。
　　旷地聚老少，姑娘领舞蹈，
瑶族舞曲伴月皎，边歌边舞憧美好。
　　三六弹拨调，芳曲赞梅俏，
莺语泉流暗香袭，临寒姗姗把春报。
　　音素源彝苗，开场吹牛角，
北京喜讯到边寨，载歌载舞欢氛罩。
　　娟音催悦貌，婉乐促疲消，
花好月圆婵娟时，曼舞婆娑山歌嚓。
　　从前似根草，如今当主角，
翻身农民日子好，边耕边哼吕剧调。
　　翠柳夹绛桃，轩亭睐琼岛，
苏堤漫步倩思缭，西子湖畔履轻飘。
　　春江花月夜，水面曲缥缈，
丹霞过后澹月照，舟上琵琶伴鼓箫。
　　乐引伊甸到，藤下摘葡萄，
伊犁河畔遍肥草，牛羊顾盼护犊羔。
　　节日聚老少，赛场骏马跑，
骁骑小伙穿锦袍，帅气十足入冲道。
　　又闻吹小号，重浮履险要，
红旗颂里激昂调，人心振奋力感召。
　　乐澜起劲涛，音势渐强劲，
保卫黄河行进调，后浪更比前浪高。
　　盛世乐兴韶，梦曲如泉冒，
千年编钟声萦绕，曲牌调式今窈窕。

秉承传至宝,探索创新高,
古今联袂呈热俏,中西融合茁新梢。

　　　　　　2014年1月8日

诗情十二钗

黛玉杏眼娥眉细,腮如桃红病西施,
知书达理擅赋诗,情趣高雅书卷气。
临霜菊神蕴秀笔,对月吟咏香口齿,
自怜素怨满纸题,心语情丝片言里。
宝钗双眸似水杏,唇红眉翠梨花比,
淡雅娴淑不妆饰,乐善好施品美懿。
昼夜掩门珍芳姿,知花更艳始淡极,
东风卷得均匀时,春解柳絮青云志。
元春貌美姿秀丽,人如榴花嫣红极,
举止娴雅显贵气,孝顺父母呵护弟。
潇湘馆里竹清逸,蘅芜院里兰香懿,
文风已著宸游夕,孝化应隆归省时。
探春削肩身腰细,俊眼修眉长挑体,
天真质朴精绣红,不爱粉脂爱墨笔。
秋爽斋里结诗社,红杏枝头闹春意,
月下倩影白海棠,玉是精神洁无比。
湘云清秀如玉脂,雪白肌肤青丝髻,
乐观豁达心平易,豪爽纯真无芥蒂。
绣绒残吐柳絮舞,卷起香雾半帘弥,
纤手拈来自欢喜,空使鹃啼燕妒嫉。
妙玉倩影姣好极,犹如仙花照碧池,
素淡傲洁重情义,不合时宜常孤寂。
陈年梅雪化露滴,执壶烹茶液珍惜,
品尝解渴二杯宜,饮牛饮骡三杯奇。

迎春香腮凝新荔,肌如鹅脂鼻细腻,
温柔沉默人老实,荷蔼可亲无脾气。
园成景备特精奇,奉命羞来名额题,
天上人间同此境,游来心旷又神怡。
惜春娇容如美琦,聪明伶俐着灵气,
为守清净时孤僻,梅兰竹菊入画笔。
山水横拖千万里,楼台高筑云雾里,
园修日月明熠熠,景夺文章妙熙熙。
凤姐丹唇面粉脂,身材苗条人俏丽,
善言巧语少识字,大小家事能管理。
一夜北风紧眼皮,不知姥姥御寒衣,
接进府来细照料,免得夜夜担心事。
巧姐白皙人娟丽,锦团花簇千金衣,
尚贤稳重修文辞,聪明灵慧爱书笔。
读书务农顺应其,回归田园自耕犁,
纺绩绣红添才艺,平和恬淡享安逸。
李纨生来身玉质,凤冠霞帔人靓丽,
素雅贞静甘孤寂,端方纯良重母仪。
身为社长擅评析,名诗绝句颇熟悉,
绿裁歌扇迷芳草,红衬湘裙动梅枝。
可卿妩媚貌艳丽,袅娜纤巧如晓枝,
温柔平和善待人,孝顺和睦易亲密。
怜贫惜贱秉仁慈,敬老爱幼持礼仪,
好胜要强让惫疲,思虑过度可酿疾。

2013年1月30日

故宫卓览

正午城楼五金凤,朱雀燕翅敞中门,
金水河上五玉桥,主御桥上百姓问。
露台望柱叟重数,千龙吐泉泽纷纷,
宽阔广场青石铺,阿婆执扇女孩奔。
太和门前铜狮舞,绣球滚动神倍增,
十八鼎炉呈包浆,风打雨磨亮锃锃。
金銮大殿称太和,松木金柱多支撑,
四大铜缸作平盛,鎏箔刮失留伤痕。
九龙宝座彩屏风,楠木髹金精雕成,
神象仙鹤寓长寿,珐琅彩瓶意丰登。
中和安稳重协调,疏导水利保农耕,
状元榜眼偕探花,文章策好力圆梦。
文华武英文殿缜,三宫六院内廷深,
金砖铺殿有铿声,红门金钉排方阵。
云龙御路大石雕,搬运雕琢超技能,
日晷计时嘉量升,时空变迁焕新生。
幽雅玲珑御花园,亭台楼阁景奇胜,
龙爪槐树叶茂盛,太湖石山阶梯磴。
连理树叶遮俪影,明代古柏掩老陈,
缠条奇石如海参,绛雪轩窗楠木真。
百花争艳万春亭,霞飞燕舞温熙风,
桥亭翠池浮碧亭,睡莲清雅鱼水恩。
弘扬文化摛藻堂,四书荟要留后人,
楠木花罩漱芳斋,佳茗春茶香气喷。

故宫卓览

玉瓷书画金银盆,铜镜钟表多捐赠,
国宝展馆继传承,中华瑰宝价连城。
玉碗镶嵌红宝石,青花釉里红汤盆,
景泰蓝瓶着珐琅,顾绣绸缎丝被枕。
青铜器皿可宴摆,剔红漆雕奁箱纹,
唐三彩瓷千里马,九霄环佩扬琴声。
名人字帖临书法,名画佳作当摹本,
昭君和亲嫁妆丰,闺婧羡慕记仿真。
长春宫廊彩壁画,怡红潇湘红楼梦,
快雪中秋伯远帖,三希堂里书法承。
畅音阁楼分三层,昆曲京剧戏曲闻,
气势磅礴九龙壁,云欢浪卷龙舞腾。
楼宇殿阁气恢宏,金碧辉煌藏万珍,
六个世纪史文化,留得胤后精神振。

2009 年 3 月 15 日

颐和园熙闻

玉龙泉水汇碧湖,昆明湖形似桃子。
玉名六桥连西提,十七孔桥雕石狮。
玉澜堂里摆龙椅,屏座皆由紫檀制。
知春亭边桃柳植,湖上雁鹅春先知。
仁寿门旁青石立,寿星作揖石姿奇。
宜芸馆院四合一,红木家具古精致。
文昌院里古董展,商周明清瑰宝齐。
百科全书万卷集,彩塑泥人有张氏。
乐寿堂里灯第一,电灯点亮创业史。
百年玉兰持挺立,九桃铜炉包浆衣。
长廊彩画史话系,名著典故游人迷。
佛香阁楼眺远黛,湖光山景收眼底。
大戏楼台唱京戏,动耳唱音似黄鹂。
排云屏风台湾木,宝云铜窗幸归记。
听鹂馆里摆宴席,澄鲜堂前游舟启。
清晏舫舷波后移,鱼儿伴随乐奕奕。
金牛岸边将情寄,织女星湖应吹笛。
廊如亭里多柱子,东堤风光犹旖旎。
知春涵远时空趣,知鱼桥上辩哲理。
亭堂楼榭曲廊逸,谐趣园景秀四季。
水村延赏觅耕织,身临其境归乡里。
苏州河水连后湖,茶楼店铺兴市集。

拥山抱水清漪园,如幻似仙心神怡。
疑是江南胜江南,翠山秀湖更壮丽。

2009 年 3 月 20 日

北海公园熙闻

桧子油松古枝昂,冠圆似盖浓绿妆。
墨玉巨瓮溢酒香,盛典喜庆斟杯觞。
承光殿里有雕梁,殿南月台赏月亮。
永安古桥连仙岛,汉白玉石架虹梁。
琼岛似玉浮天海,瑶池仙岛入天堂。
善因殿旁四周望,丽湖京城无屏障。
琼岛山顶耸白塔,翠山蓊郁百鸟唱。
阅古楼里书篆藏,名人书帖镌石上。
檐楼游廊延湖岸,风光旖旎步徜徉。
碧照楼前有渡港,观景用膳客熙攘。
漪澜堂里灯辉煌,宫廷菜肴摆桌上。
仿膳庄里御菜尝,满汉全席高营养。
悦心殿里置宝座,苏式彩画饰梁窗。
庆霄楼上观冰嬉,腊月十八献盛况。
琼岛春荫有御碑,归属八景早定章。
冰窖池里湖冰藏,冬储夏用享清凉。
濠濮涧里波轻漾,湖石松竹自修养。
镜香观妙隔池望,艺人动情彩笔扬。
春雨林塘景入画,画中画师坐画舫。
古柯庭里有唐槐,老枝新叶娴神洋。
先蚕坛里广植桑,养蚕积茧将丝纺。
七彩壁照九龙欢,携云翻腾卷海浪。
静心斋里江南仿,轩池榭亭连长廊。
叠翠楼上景远旷,白塔天海入眼眶。

五龙水亭连曲桥,画梁楹联添奕光。
澂观堂院垂花门,名人碑刻供读赏。
浴兰轩里筑花台,早春牡丹送天香。
快雪堂里楠木梁,碑石镌刻赐书香。

      2009 年 3 月 10 日

天安门观礼

独立自主得解放,丰衣足食红东方,
改革开放新时窗,三个代表奔小康。
科学发展同飚讲,廉政惠民兴双创,
天安门上呈史象,承前启后朝康庄。
军号声声震天响,护旗战士正步昂,
义勇军歌乐高亢,五星红旗高高扬。
金水河上金水桥,彩虹飞向城楼上,
重檐巨柱琉璃顶,红墙金瓦金徽章。
大红灯笼高高挂,天安门上红旗扬,
主席巨像闪金光,光芒四射耀四方。
宽敞明亮大会堂,三层座椅递进上,
扇形无柱穹隆顶,满天星中五星亮。
纪念碑柱白玉雕,金田起义红旗扛,
南昌起义枪声响,解放大军渡长江。
纪念堂立主席像,大好河山绒绣墙,
娟诗抒怀情豪放,江山多娇恒朝阳。
国博展馆珍稀藏,百万文物世人赏,
博大精深瑰宝亮,文化遗产尊自强。
十万大众聚广场,礼炮声声心飞翔,
检阅方阵滚滚来,管弦乐队奏交响。
三八军歌节奏强,巾帼女兵英姿爽,
木兰桂英作榜样,女中豪杰花绽放。
武警公安保平安,交警消防管控防,
迷彩钢盔陆战队,一身全能守国壤。

海军方阵似舰艇,浪涛深海护海疆,
飞鹰划过前上方,飞舞蓝天保空防。
高效高射自动炮,长杆长程远重炮,
坦克开设电子战,装甲穿梭信息网。
导弹架起擎天柱,世界和平有保障,
长征火箭送卫星,星湖银河可探访。
老兵胸前红徽章,当年浴血紧跟党,
革命故事继续讲,前辈伟绩永不忘。
五谷丰登金麦浪,万马奔驰牛羊壮,
科技养殖鱼满仓,植林栽花茶酒香。
钢铁冶炼高质量,机械电气自动往,
数字通信看图像,飞机车船载导航。
微机硅谷高联想,纳米晶片超迅畅,
仿生机器智能强,高能实验宇宙舱。
知识技术教学旺,育人育心才济昌,
孜孜不倦勤卷练,学树枝上桃李香。
昆曲京剧黄梅戏,器乐歌舞影视唱,
文化艺术继传承,情操素养高风尚。
少年儿童是未来,中学大学是希望,
少壮努力图奋志,好学使得圆梦想。
体育健儿挂金章,手举红旗彤红装,
全民健身体魄强,飞步腾跳秀赛场。
港澳同胞捧鲜花,两岸三地架桥梁,
观光彩车阿里山,旅游台省直通航。
茉莉雪莲格桑花,长城内外百花放,
民族团结如泰山,各族人民聚一堂。
白衣女生捧鲜花,医护天使从慈当,

延年益寿人为本,中西药疗保健康。
关心残疾福利汇,扶贫救灾暖心房,
邻里小区施绿化,老年活动多综样。
风能核能太阳能,氢锂电池驱驶航,
开拓发明新能源,取之不尽胤福享。
生态平衡如石磉,美丽地球如愿偿,
戈壁姑娘抱羔羊,祖国长青佳天堂。

　　　　　　　　　2009年4月2日

登 长 城

一条金龙卧山群,逶迤起伏将瑞酝,
关内关外风雨顺,致和精神如琼珺。
山海嘉峪首尾连,翻山越岭万里巡,
巍峨雄伟盘山脊,气势磅礴峰间运。
慕田峪城空楼屯,八达岭上五马允,
古北口塞云虎蹲,居庸雄关可吞云。
箭扣诗楼九窗眼,司马高台云垂询,
黄花城墙水中盾,金山岭处峰险峻。
黄崖关隘沿峭壁,紫荆关旁花芸芸,
水境门楼第一门,娘子关边瀑成群。
雁门驻守杨家军,平型大捷抗倭军,
偏头关内有瓮城,宁武关楼鼓点均。
重峦叠翠大地春,松柏葱郁沐夏昀,
层林尽染枫红晕,银装素裹舞雪裙。
稻香麦甜果酒醇,秀山细耕田昀昀,
丝绸路上车轮滚,草场奔弛肥牧群。
好汉碑系长城魂,长城魂里中哲循,
长城安好世安平,情致华人诚悃悃。
呵护长城历代勋,留得家园龙神韵,
五千年史筑文明,盛世太平且和赟。

2009 年 3 月 6 日

香山览胜

香炉石峰云缭绕,亭台楼阁乐逍遥,
青绿红白四季俏,多姿多彩花树娇。
翠嫩新竹青松柏,莺歌燕舞春天到,
夏木苍劲绿叶茂,耳闻蝉噪静山坳。
秋霜黄栌叶丹红,如梦似醉人酕醄,
银装素裹冬雪飘,山峦起舞格外矫。
勤政殿旁香袅袅,月河潺潺过石桥,
香山古寺五层高,辉和才子获提佼。
栖月山庄崖壁峭,梯云观海一步遥,
西山晴雪松柏傲,北国风光呈妖娆。
三丈虹台金瓦殿,七彩琉璃塔光耀,
汉满蒙藏是一家,白玉牌坊日月照。
水帘洞口眼睛湖,两个圆湖连桥小,
湖平如镜巨人留,镜片奇说似童谣。
大雁盘旋泉水冒,双清仙泉诗韵好,
见心斋里茶香飘,氤氲雾里仙女笑。
绚月兰花榆叶梅,丁香合欢尽婀娜,
海棠杜鹃紫叶李,花香巧引灵觉妙。
旗下老屋简陋小,心怀书致撰文稿,
雪芹十载择一事,红楼梦说传久遥。

2009年3月2日

游圆明园

远瀛观筑学西洋,米兰画师艺高仿。
万花迷阵有妮闯,循迂探得西亭凉。
十二生肖喷水法,孩童开心笑声朗。
猪牛猴虎铜首归,高仿补缺乐玩趟。
谐奇楼庭罗马样,白玉雕柱红鹃坊。
顶壁巧作五彩镶,紫气东来海晏堂。
方壶探坐福海港,登高远眺闻茗香。
湖中仙岛船来往,翠萍碧水微波漾。
正大光明殿宽敞,九州清宴大补汤。
武陵春景桃花缘,三潭映月湖中央。
文渊阁里古书藏,四宜书屋作鉴赏。
玲珑馆里珍宝展,天然图画石奇像。
思水斋里忆故乡,观澜堂前赏月亮。
眺远楼上望山岗,杏花春馆百花芳。
长春万春园中园,无双佳绝最谐畅。
宏丽中西和璧作,百姓欢喜念不忘。

2009 年 3 月 25 日

熙兜长风公园

铁臂山下歌声朴,湖滨长廊弹琴谱。
坪上奔跳风筝飞,桌上心绘七彩图。
枕流桥下游舟过,女生笑声如风抚。
松涛亭上飞檐翘,百花亭里吟唱赋。
青枫桥边银湖轩,风味烹制客乐顾。
青枫露岛不寂孤,垂钓休闲好去处。
银湖泛舟两岸芦,飞虹桥上多观瞩。
春风吹暖樱花苑,秋实报耕石有悟。
蓝水碧池白鲸馆,巨大身姿水中舞。
海洋世界百鱼汇,吻童顶球情暖腑。
才女双桨舟离缚,迅驰欲飞如燕鹭。
洁白粉红荷莲浮,清丽嫣雅疏香馥。
少先队员群雕塑,勤学致将和平护。
牡丹亭畔花浓艳,天香佳人英姿酷。
竹松翠立春涛园,梅鹃蕴馨相俦伫。
花仙下凡留花圃,人间真情萦石塑。

2008 年 6 月 8 日

熙兜森林公园

池杉林树妮妞抱,父女双人骑车巧。
倩闺揪缰骏马跑,滚轴转动女生叫。
双鱼朝天志上霄,攀岩登高姿若娇。
母女飞蝶空中抛,七彩风筝上松梢。
花隐鱼跃水莲亭,女孩写生画素描。
六一亲子孩童笑,奖品虽小兴趣高。
老伯湖边双杆钓,阿婆太极似橹摇。
盈湖廊桥婚纱照,荷畔竹坞俪人俏。
天籁绿洲太湖石,秋林爱晚石亦骄。
芭蕉翠叶水上摇,绣球花瓣顺风飘。
盈湖泛舟过青桥,两岸啼音入乡谣。
涛声桥下浪花跳,流芳桥畔百花笑。
明月江声晴岚桥,熙风催得心开窍。
路边紫薇花多小,参天大树合人抱。
清风亭里榷商讨,丰乐亭里娴思遥。
学生休闲喜烧烤,生生息息炊烟缭。

2008 年 5 月 31 日

熙兜世纪公园

镜天湖上波粼粼，篷舟点点浮皱绫。
云帆桥上布杆挺，犹如天舟水空凌。
张家浜里漪碧清，两岸迎杉夹柳荫。
金盏桥下穿游艇，玉珠桥畔田田林。
自行车上踏板轻，花木熙语舒心灵。
果树棵棵伊甸近，芳草醒木尚风临。
梅花林中翠瘦挺，初夏青果生滋津。
银杏果叶入药饮，秋叶洒落遍金鳞。
枇杷枝叶浓厚菁，金果玉质含自馨。
柿树秋果红殷殷，硕圆盏盏似灯庆。
柑橘橙黄叶茂青，秋实累累使芬沁。
荷花粉红蕊丝金，莲子玉珠白又净。
桃花红白三月竞，果中蜜水甜盈盈。
石榴红花火热情，果房多子闹欣欣。
苹果缀枝富含情，翠里透红表慕敬。
无花果树喜聆嘤，专事禽餐将鸟引。
海棠樱花弄飞霙，山茶杜鹃俦紫荆。
松竹枫榉携杜英，乌桕溲疏伴木槿。
绣球琼花合欢亲，玉兰蜡梅皆香伶。
竹篱苑里展盆景，虬干曲枝翠叶新。
阔坪片片铺绿茵，席毯睡帐露野营。
宛溪源自南山顶，雨中涧流声潺潺。
儿童园里欢芬浸，玩车娱骑乐子胤。
音池喷柱水有情，知音约聚会展厅。

湖畔芦苇飞絮轻,林中啁啾百鸟鸣。
执竿静坐候鱼影,垂钓中心论两斤。
潮州菜馆酌酒饮,花醉人醉梦仙境。
环保壁墙怀世情,寰畴一家互爱敬。

2013年12月26日

熙兜闸北三泉公园

巨壶送茶汤,陆羽茶圣唱,
三泉甘露香,宋园茗艺扬。
集贤轩旁外语朗,春晖堂里书画芳,
古戏台上片断唱,乐角亭里琴声扬。
荷花绽放摄门响,水中莲石浮联想,
银泉湖边鱼竿放,白鹭水面展翅膀。
孩童滑板遛广场,滑鞋飞步作花样,
海棠花红土里长,钱氏祠堂隐路旁。
羽毛球飞烦事忘,太极扇操心修养,
紫藤架下棋路广,晚晴亭里坐书郎。
曲艺歌舞聚长廊,南风亭前风筝放,
有线无线向上望,群鸽盘旋筝飞扬。
春来茶馆溢茗香,六角亭里思故乡,
火棘群树似茶场,翠芽欲滴喷清香。
初春茶农采摘忙,手工揉捻铁锅烫,
精工细作得佳品,满担下山客收舱。
雀舌蝉翼芽旗展,谷雨前后嫩叶芳,
芽茶叶茶极品茶,龙井普洱名四方。
碧螺春含枇杷香,黄山毛峰片金黄,
祁红茶香似蜜糖,台湾乌龙健身强。
宋园茶艺作古仿,宜兴紫壶沏茶香,
茶面浮气腾云上,山村田野疑是乡。

2008 年 6 月 30 日

熙兜方塔园

风铃石前留影像,明代照壁忆沧桑。
九层古塔风铃响,望仙桥上人来往。
日月湖里碧波漾,水面游船电动桨。
亲水草坪伴乐响,广场舞姿煞丽亮。
五老峰石太极样,风骨铮铮奕神扬。
厉廉堂里故事讲,廉洁奉公好风尚。
其昌廊沿有雕赏,清官懿风镌木上。
锦鳞水榭读鱼乐,知鱼乐否凭修养。
气势浑穆兰瑞堂,朴素屋棍楠木香。
石台石礅小啜饮,美女峰上思茶乡。
秋生亭里闻花香,怀念少年继理想。
铁笛吹动古石舫,人坐船头去村访。
何陋轩里毛竹梁,茅草顶下飘茗香。
陈公祠里古炮两,民族英雄事迹扬。
示廉照壁明代筑,清正为官建懿尚。
多棵古杏百岁上,见证元魁继出冈。

2008 年 7 月 8 日

熙步古猗园

九曲桥上湖心亭,清风熙熙不觉暑。
鸳鸯湖上俪成双,灿若披锦水面浮。
鸢飞鱼跃圆门轩,湖中山亭如画幅。
幽赏亭里情意抒,天长地久成眷属。
逸野堂里楠木柱,四面窗厅摆红木。
堂前两棵盘槐树,百年相伴敬如初。
鹅池石舫不系舟,静中有动碧波助。
百叶莲花娇楚楚,亭亭玉立姿嫣妩。
松鹤园里鹤咕咕,双鹤斋里望鹤舞。
翔云阁里百寿碑,人活百岁就是福。
梅花厅前古柏树,百岁高龄依健竖。
咏梅碑廊展诗书,红梅报春百花逐。
绘月廊壁留月影,中秋赏月思亲属。
微音阁前石经幢,历史老人作古述。
君子堂里脚步驻,兰花秀馨众歆瞩。
古韵意浓柳带轩,扇门叠叠依如故。
水木明瑟藕香榭,抚琴绘画作诗赋。
浮筠阁前诗意富,石舫绿荷鹅相顾。
怡景园里盆景展,荷梅牡丹吐香馥。
花神殿里花诗赋,竹节红木摆花株。
竹枝山上缺角亭,莫忘国耻振民族。
柳荫桥亭如飞虹,一桥连通两岸路。
曲香廊旁牡丹展,天香花魁艳姿酷。
依水茗轩名春壶,龙井绿茶清香拂。

熙步古猗园

藤蔓长廊架石柱,绿叶成荫纳凉处。
玩石斋里奇石展,灵璧芦柑如画图。
青清园里百种竹,幽宁竹径迈逸步。
紫竹锦竹慈孝竹,潇湘筠韵趣婉缛。
绿竹猗猗挂晨露,纤枝摇曳清熙附。
竹梢高耸白云慕,千秆翠竹风情足。
荷风竹露依水亭,清懿之气萦碧湖。
竹迷不可无竹居,红木厅设刻筠竹。
瘦影碎月临水轩,亲水平台观月出。
隐香亭里赏水景,太湖奇石沿岸布。
怡翠猗猗石上亭,凭高远眺全景图。
秋水醉雨水榭亭,细雨绵绵润翠竹。
南亭石栏望草坪,青草如茵绿地铺。
洛阳石桥系古物,清代建筑见古朴。
遨游水岸释舟缚,电船轻盈游池湖。
望鹤楼里摆宴席,美味佳肴贺寿父。
春藻堂里春潮涌,歌迷歌会伴诗赋。
耄耋排列作操齐,晨园如春活力注。
元宵灯会百灯组,典故花灯着智鹄。
猜谜猜字游人揭,人头攒动比乐府。

2012 年 3 月 5 日

熙逛七宝老街

风情老街史远悠,宋雨汇集蒲水流。
神降七宝助人间,云间二陆宝地留。
棉坊布机织丝绸,科学技术才起头。
明云兴墨四宝堂,文房四宝请回楼。
微雕塑像传艺有,工艺美术成气候。
老街茶馆桌凳旧,琵琶三弦弹词悠。
宝丰饭店农家菜,天香羊肉伴酿酒。
古装戏台昆曲秀,典故折子将心扣。
阿毛一品方糕香,回头来客称可口。
枕流恒霖岸边楼,临水品茶益倩友。
毛氏皮影灵巧手,故事逼真令善鬏。
蟋蟀馆里观格斗,装模作样俩作秀。
书生上河乘篷舟,行过三桥释疑窦。
并列立桥有哲意,中融谐和三骈俦。
康乐功于三套辂,安平得于圆辐轴。
蒲汇普结主中和,互利共享稳寰畴。
三溪汇水眷客游,老外亦来熙巷走。
乡情水韵浓长街,宋词明诗挂亭楼。
文化荟萃蒲溪坊,名人古迹源渊久。
大明钟声解忧愁,心平气和处世优。

2008年5月12日

上海十二景

东方明珠矗旋舱,鸟瞰千里目极旷,
三百迅梯登高望,申城新异饱眼眶。
外滩景观沿浦江,摩楼俊厦隔岸望,
金贸云集多银行,星灯灿烂炫彩光。
南京路上步街逛,商楼林立霓虹亮,
百货美食着装靓,精挑细选赶时尚。
博物馆里古珍藏,青铜陶瓷书画赏,
智慧绝活聚一堂,传统文化供颐养。
大剧院里灯辉煌,轻歌曼舞引神往,
民歌民乐戏曲唱,美声歌剧伴交响。
人民公园城中央,闹中取静花芬芳,
俏树丽叶荷池塘,太极茶室游乐场。
豫园楼宇浓古妆,曲桥泛鲤茶楼香,
街巷古园人熙攘,店铺银楼货琳琅。
南浦大桥跨浦江,斜拉钢索径粗壮,
环形引桥螺旋上,浦东浦西车来往。
中华艺宫巨菇状,方桁回纹通红妆,
书画雕塑厅宽敞,古今名作齐亮相。
朱里坐落淀湖旁,小桥流水舟来往,
农家菜肴伴酒香,古屋旧店老街坊。
香山路上中山馆,孙文学说摆书房,
设计倡导中山装,民族振兴先换妆。

兴叶路上一大馆,共产党人聚一堂,
神州崛起定方向,社会主义道康庄。

2013 年 4 月 25 日

娟恋曲

雪中梅娉婷，花绽暗香沁，
傲骨瘦枝凝神韵，清雅高尚受慕敬。
鹣鹣古卿卿，两厢同梦萦，
草披檐下均薄饼，金屋橱内锦衣平。
春花绽欣欣，幽兰香婷婷，
刚柔清懿相偕併，和瓣圆润如翠琳。
燕来绕脆鸣，颉颃乐无尽，
比翼双飞将世迎，檐下嚼巢尽爱心。
夏炎竹叶青，杆如笔上挺，
虽有摇曳仍归直，不过不极为正伶。
鸳鸯一世情，相随不离影，
池中鱼儿亦效秉，相濡以沫得娟领。
秋菊融意赢，乐观不伶俜，
持耕承织相守望，丰收果匹满屋楹。
鸢凤搖翼翎，日月心相映，
祥风打前路宛平，甘霖作后稻呈金。

2015 年 4 月 8 日

崇明生态园

东滩鹆鹭飞,秋冬鸥雁归。
盘旋寻儿喂,叽叽后生催。
芦花随风吹,尽情献影魅。
苇海酝泽蔚,花丛蕴芳菲。
田田金稻醉,片片绿林翠。
埂渠井然汇,栋栋无烟炊。
风叶发电机,路灯自亮晖。
蔬菜瓜果棚,鸟草吃虫会。
望亭临江水,帆鼓似渔追。
农家朴善袂,村景生态美。
白玉九曲桥,才女下钓垂。
妮妞过吊桥,惊叫笑声随。
双龙嬉珠壁,戏台有靠背。
龙凤桥上轿,鸳鸯成双对。
编磬石灰石,敲打乐音脆。
亿年木化石,斑斓五彩绘。
英昆太湖石,灵璧石最贵。
四大名石汇,石中开玫瑰。
南门码头里,洋文喃喃背。
双体船泊岸,商院师生回。
师生智慧睿,环保甘霖沛。
万物有幽链,生息互益兑。

欲生号客船,轻波细浪推。
笑儿已半岁,伴鹭编成队。

      2008年5月19日

翠横金沙

杉林青翠白杨叶，棕榈金籽紫薇花，
菁菁枝草铺路旁，菜籽稻穗金庄稼。
牛马拉车路平滑，小羊恋草喊妈妈，
鹭鸟盘旋飞燕鸣，河塘雁鹅叫喳喳。
河沟纵横井字叉，房前屋后浮萍鸭，
阿婆敞门坐客堂，老伯渔竿靠水闸。
民生东惠村路连，红星桥上议媒嫁，
民乐亭苑健康架，杜鹃彤红温馨雅。
田田蟹苗精饲料，甜甜美餐眼上眨，
天使海滩赛快艇，桔香对虾伴度假。
渔轮艘艘彩旗挂，大孔渔网天气嘉，
刨鱼鲖鱼先母家，鲈鱼花鱼后子家。
育贤路上披锦霞，五彩墙画思瀑峡，
基础文化儿时抓，华丽人生迪春芽。
航道基地红旗扬，钢精水泥护堤坝，
海事电信瞭望塔，高瞻远瞩四海涯。
生态环保益寿长，一方水土明净佳，
长江东首住人家，翡玉宝岛美无瑕。

2009年5月9日

长兴歌

风吼叫,雨作狂,
浪咆哮,涛逞强。
元沙翘首望东海,石沙顾尾观长江,
长舰迎风辟骇浪,巨石下嵌激流挡。
新楼房,庭院墙,
鱼池塘,鸭鹅养。
农家不见炊烟升,燃气灶瓶进柴房,
电信高塔连成网,莺歌燕舞乐水乡。
绿油油,金灿灿,
柑桔香,飘四方。
当年播下万倾桔,今日树壮丰收忙,
培育后代兴学堂,他日成名扬故乡。
长兴乡,连海洋,
装备岛,前景亮。
港机高吊耸入云,江南巨轮下西洋,
海事精英聚岛上,大鹏展翅筑辉煌。
顶烈风,闯激浪,
筹壮志,树理想。
宝岛儿女有作为,勤奋好学成栋梁,
长江后浪推前浪,龙飞凤舞长兴旺。

2006年2月24日

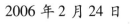

江南造船厂记

溯源同治四年起,两江总督立总局,
万两银元撒浦江,垒起神州第一厂。
惠吉首开新纪元,驭远铁船破天窗,
徐寿建寅华衡芳,科学造船领头羊。
光绪明智分局坞,百艘铁船下工场,
辛亥革命夺总局,血淋弹雨保工厂。
永绥平海高速航,抗日年间沉海疆,
陈毅粟裕一号令,江南掀开新篇章。
东风吹开万吨史,巨轮频频渡远洋,
伟人接踵来视巡,江南品牌万万两。
潺潺浦江静流淌,巨龙欲跃难伸张,
浩荡长江天际流,正是江南好驳港。
滚滚长江千里来,波涛汹涌入海洋,
诀别浦江情终结,挥军移师渡长江。
移情别恋长兴乡,长堤水深域宽广,
从此巨轮出没忙,海上巨霸亦拜访。
古者始称大手笔,今有功臣魄略强,
亿万巨资投长兴,构筑世纪造船王。
排排厂房宽又畅,座座龙门高又长,
长兴造船大棚架,超大巨轮频出厂。
素质教育同步行,职工教育大排场,
生产绝技代代传,人才装备皆精良。

科技精英聚岛上,彩霞映红万里江,
团结奋发将新创,江南腾飞长兴旺。

2007 年 6 月 24 日

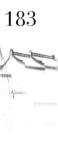

中秋节绮怀

中秋月,大又圆,
明灿灿,情思牵。
十五仲秋月壮观,华夏儿女同婵娟,
万里共赏月宫殿,嫦娥仙女舞蹁跹。
月饼圆,甜蜜馅,
酥香感,温馨传。
百果百仁福寿延,豆馕沙沙人生甜,
莲芸清香情丝连,椰丝芸香思乡泉。
斟美酒,暖心田,
品佳肴,亲情念。
醇酿酣畅人如仙,甜言蜜语温心间,
青蟹芋豆滋味鲜,亲如手足情绵绵。
亲家眷,终生伴,
情俪恋,心敞袒。
家眷亲属庆团圆,相敬相爱血脉连,
知己钟情真挚爱,心心相映蒂姻缘。
游公园,花灯展,
划龙船,歌舞欢。
金桂银桂香满园,惟妙惟肖灯盏盏,
同心同力舟如箭,民歌民舞亮风范。
携老幼,尽扶搀,
琴笛板,氍毹翩。

中秋节绮怀

珍珠塔里听开篇,牡丹亭里观答辩,
锁麟囊里说善缘,红楼梦里赏缱绻。

2012 年 9 月 29 日

中华民族一家人

救灾抗震,众志成城,
抢救生命,冲锋陷阵。
一方有难,八方援赠,
汶川地震,人人相承。
老师爱学生,躯体当支撑,
战士爱人民,十指打头阵。
医士爱伤员,昼夜不停等,
党员爱群众,他人是亲人。
干部爱百姓,困难是重任,
志愿队员们,点亮生命灯。
从未见过的灾难,从未有过的心疼,
从未见过的团结,从未有过的钢城。
汽笛声声心头震,痛失同胞泪落盆,
中华民族一家人,患难与共赴前程。

2008 年 5 月 20 日

江岸中秋

圆月当苍穹,繁星烁夜空。
波涌浪接踵,牵挂念无穷。
月台望江龙,嫦娥思田栋。
宫阙桂酒浓,吴刚斟双盅。
长江流向东,源自塔川融。
姗姗奔广洞,华情臻隽永。
三江木舸送,三峡铁船拥。
下游巨轮从,海口唐诗诵。
绒毯药草茸,缂绢瓷瓶琮。
香茶紫壶珙,会戏展古董。
鲟豚拜太公,鲗鳗会姊兄。
一年一日逢,乡情凝酒中。
归渔拴缆棕,阖家举欢拥。
老小享月饼,馨氛桌上弘。
江岸红彤彤,一片机声隆。
百船聚合拢,明月扮玩童。

2007 年 9 月 18 日

江火红天际

浪花送润气,长涛拍春堤。
青山舞丽姿,碧水泛笑意。
鉴真乘沙船,载重又平底。
郑和领福船,艏高又尖底。
龙骨衬肋骨,梁拱加维持。
甲板隔舱板,桅帆助橹楫。
滑台傍坞池,分段拼整体。
硬木改铁皮,螺桨动内力。
测位读航仪,驭向掌舵机。
驳船万吨级,海洋如平地。
货柜叠方棋,巨罐充液汽。
大舱盖粉石,散舱装机器。
鹭鸥任展翅,海马达万里。
造船多型制,水运多驳体。
平台可中继,浪道设矶倚。
江湖不够大,游心倾湛池。
有日世太平,歹绝海安逸。
丈量举亩尺,平台建宅第。
夜岸焊花熠,行船响汽笛。
高吊灯光炽,江火红天际。

2008 年 5 月 1 日

毕 业 曲

读声啭啭,习题潺潺,课堂如举筵。
师语滋养润心田,智肴慧馐饱腹间。
文情瓣瓣,数理涟涟,课中如游园。
心花致树开烂漫,卓亭晓阁映潋滟。
秀词娟娟,妙笔婉婉,作文如飞天。
心门打开畅梦想,完美境地令慕羡。
桌灯淡淡,额汗点点,备课如绣匾。
播种知识耕智田,创优还需勤浇灌。
疑问串串,难点团团,攻课如攀岩。
启迪互动解疑难,同窗相助携进前。
重字端端,沉语甸甸,严师点关键。
山路崎岖行履艰,登顶更需志夯坚。
昔雨绵绵,今雪翩翩,礼堂灯灿烂。
举杯道别泪盈盈,师生相敬斟格言。
山泉涓涓,润流浃浃,清溪绕村前。
先生赐教如恩泉,传授科学赋珍奁。
崖径弯弯,隐峰浅浅,登临在山间。
岔口峻处师详诠,顺凌琼顶尽眺瞰。
浪上颠颠,氤氲渐渐,行船在浩瀚。
导师护舵细指点,直达花明柳村岸。
鳞次片片,栉比杆杆,星海更无限。
师承缂锦妆车船,万里长征勇驶前。

励辞篇篇,进意冉冉,不负师期盼。
怀猷高飞学鸿雁,千里骏马志在远。

2005 年 2 月 5 日

学 子 行

绕月系天辂,螺星萦年轴。
嫦娥挽淑袖,吴刚斟贤酒。
凡生即学友,优学终生俦。
育人如种豆,先辈玉品留。
尊重待人得回眸,三人行间必师有。
诚信秉誉仿白藕,做人行事不受诱。
孝敬双亲爱妻幼,扶老携小护挚偶。
善良仁慈施恩赒,济贫赈灾解难忧。
友好助人得赞口,善于合作共携手。
谦让礼遇淡名利,攻艰当先不争酬。
勤奋好学重懿修,如饥似渴钟知求。
认真学习不疏苟,书中蕴金藏玉璆。
深思熟虑启车舟,践行之前必理周。
细心琢磨事理透,巧致妙用娴运筹。
规范处事无纰漏,质量至优可及手。
严谨研析设步骤,奇葩寻珍可邂逅。
吃苦耐劳织不休,一份汗水一寸绸。
虚心请教径直悠,博取众长赛骥牛。
坚定志向不踟蹰,迎难而上挺昂首。
接受表彰莫骄傲,谦虚才使更上楼。
节俭生活低要求,奢侈浪费自觉羞。
守法遵纪不错岔,财大位高朴依旧。
辩证处事不偏瞅,扬利祛弊把主流。
创意新念妆奕袖,开物来自破天牖。

传统文化当珍馐,精神大餐胜醇酎。
科学理论赋劲道,眼力脑力不限囿。
运动锻炼抗病疢,体魄康健神抖擞。
调节自我解郁忧,娱山乐水登琼楼。
　淑人名不朽,贤者魂永留。
　月宫寿宴酬,仙女舞长绸。
　淑风四季幽,贤雨常绸缪。
　凡间多优秀,天女散花绣。

2005 年 11 月 6 日

校 园 忆

泳池边,心胆颤,师推又递竿。
跳马投篮接力跑,强健体魄重锻炼。

娟词翩,心志言,妙处得红圈。
叙事抒怀直表白,文采飞扬润师眼。

数式列,逻辑联,推理疏智田。
代数几何量空间,质体抽象示模件。

摆杠杆,露微电,隐迹显眼前。
变幻莫测也有律,定义诠释示范演。

滴液灌,匀搅拌,试纸测酸碱。
元素瓶里显原形,有机无机物万千。

卷舌尖,指易难,洋文读遍遍。
国际交流无障碍,走向世界语打前。

清明元,宋唐前,华史五千年。
文化传承育后代,继往开来更灿烂。

望东海,登高原,域广疆浩瀚。
地大物博华孙衍,优秀民族爱无限。

衔相线,串开关,装灯先断电。
生活技能细指点,劳动工艺严把关。

排妒念,疏早恋,心理持康健。
团结友爱不孤单,发力向上立致远。

麦可传,句句严,校长训警言。
成才先行学做人,品德高尚致淑贤。

出春游,兜公园,师生亲密间。
柳翠桃红景婀娜,悦声笑语共度欢。

2014 年 3 月 31 日

学程忆

校门口,举礼手,领巾旭红绸。
身影幼小童心纯,书包鼓鼓满锦绣。

学汉字,音出喉,端字得良优。
算术口诀背娴熟,典故感人记心头。

字如流,篇似酒,行间爱憎忧。
冲劲十足如犊牛,伶俐含羞成妮妞。

力速俦,离子耦,气吞绕地球。
数式验证育思维,洋文朗朗不离口。

笔显遒,句露镲,婵娟文中绣。
一腔热血上闱俊,鹄志高飞壮志酬。

析尽投,判力透,用律严不苟。
逻辑推理养正习,规范行事成定轴。

论文筹,理全周,校园揾姻袖。
虚心拜谒尊教授,深知广学丰智畴。

识底蕴,辨本髤,步步驶源头。
创意新念如玉绶,淑秀贤俊立船头。

天叔邂,地公逅,甘作状元舅。
一份报告破天牖,造物创举惊万眸。

硕实诱,博采秀,导师恩深厚。
人生如梦几春秋,不追利禄求功就。

2014年3月31日

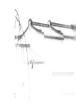

《牡丹亭》记诗

春风催芽生,谷雨润蕾身,
楚楚妍丽花绽放,花容似佳人。
闺香杜丽娘,画绣皆出神,
为修诗书延师诚,酒肴敬老陈。
春香闹学馆,花园景入胜,
一池春水起涟漪,睢鸠惹心忏。
春光美良辰,满园花香闻,
牡丹亭里做惊梦,朦胧见书生。
揾袖赏花藤,羞语含馨温,
梦到喜处笑出声,醒来才知梦。
丽娘身觉冷,春香催回程,
书阁对镜画自像,临毕添诗文。
梦中会意人,情缘归天份,
他日宫中攀金蟾,定在柳梢梗。
秀才柳梦梅,怀志不遇门,
访谒使臣显才能,赶考赴京城。
丽娘得寒症,憔悴日趋甚,
秋夜无月折殇事,留下画像真。
冬夜呼救声,遇助进府门,
花园石下拾画盒,爱画如爱人。
尤爱那诗文,字字听琤琤,
前日亦梦会闺秀,两下梦和瓮。
真情动天地,挚爱感鬼神,
还魂复活丽娘吭,姻缘两相认。

《牡丹亭》记诗

婚仪道姑证,三人启考程,
殿试应卷国策呈,皇上亲题问。
边族闹事甚,何以处妥稳?
并为上且多施恩,裂则更烈争。
整而为表文,融则治里本,
根浮浅而族心躁,收心先深根。
邻国争纷纷,如何施平衡?
调和为上不参争,强弱同平等。
不欺弱小诚,不惧强大狠,
友好相处共谋程,得道多可认。
一旦开战争,如何施慈仁?
事先出诏告天下,适时会动刃。
何谓适时分?估量怎准正?
扶弱抑强是方针,平遏又济赈。
受侵折五成,衅事折七成,
抵力耗竭急盼救,适时遏机逢。
丞相插题问,战局若变更?
强弱逆转有可能,届时应调整。
圣问觉怎甚?柳答自嫌嫩,
一阵笑声乐众臣,柳退省亲奔。
战乱爹娘分,临安母女逢,
春香道姑消猜疑,骨肉亲情深。
太守获晋升,老陈亦有任,
太平宴上受质问,柳遭疑盗坟。
新科金榜登,柳郎状元真,
嫌贫逐婿官翁冷,拷打又押审。

翁婿上奏本，皇上事理澄，
下旨团圆翁婿认，还赐尚书任。
婚礼重置承，拜堂又敬斟，
婚后喜得一千金，爱如含玉珍。
有情同梦人，千里来相逢，
贫寒困苦皆可振，只要感情真。

2014 年 3 月 6 日

《拜月亭》记诗

皓月圆又媚,夜空镶玉佩,
倩影双双敞心扉,月公乐做媒。

世隆鹄志飞,瑞莲貌秀美,
十年朝暮读经典,兄妹书香辈。

大眼锁浓眉,武功盖世威,
迁都起祸家人没,兴福独自泪。

追兵紧随尾,翻墙遇牌位,
神灵相救变土垒,兴福方解围。

世隆入园内,相述知原委,
茅草亭里兄弟拜,文武相联袂。

瑞兰智聪慧,活泼又娇媚,
画阁兰堂深居闺,辨事明是非。

中都迁汴京,难民颇疲惫,
夫人瑞兰遇劫匪,家丁奋护卫。

世隆救瑞兰,夫人救瑞莲,
冲散重聚各错位,相扶度安危。

广阳镇市沸,酒肆飘香味,
琼浆玉液斟满杯,月下夫君谓。

尚书巧入店,父女喜相偎,
强夺女儿事愿悖,世隆孤伤悲。

孟津有驿馆,夫人瑞莲累,
尚书瑞兰隔墙寐,家和天作美。

店主细入微,劝药又安慰,
兴福赶考遇世隆,兄弟有作为。

汴梁更宏伟,尚书得恩霈,
拜月亭里姑嫂认,盼隆呈琦炜。
兄弟偕应试,全力聚神对,
厚蕴卓见出亮彩,双双入举围。
文章贯星斗,下笔露神魅,
阁试殿试头名维,隆坐状元位。
多亩多征税,贫困减免兑,
优播深耕亩丰产,粮草可足备。
工匠造金杯,作坊制玉佩,
褒奖功臣立榜样,忠杰跃当辈。
策问足安邦,骑射犹力倍,
独占鳌头无敌手,福摘魁冠旆。
术略凝智慧,多变响应随,
尺寸再高不过天,胜筹偏正最。
利箭穿万褙,天骥护甲盔,
操练有素勇御抵,平遏具慑威。
夫人劝尚书,隆婿可入赘,
瑞兰世隆才貌对,美姻似天配。
圣上开恩惠,弟家赦无罪,
媒妁受遣递丝鞭,兴福笑开眉。
傧相唱赞礼,圣诏贺双美,
姑嫂披彩颊红绯,双龙双凤配。
手举夜明杯,醇露畅心肺,
苦尽甘来程宏蔚,比翼双双飞。
朝廷闻鼓槌,夹道站仪队,
迎接契丹特使到,隆重又龙威。
特使为重臣,薄礼语不缀,

直言质疑授命来,对哲定国槌。

圣上施抚慰,允对攻疑垒,
翌早行宫设哲帷,问答明心扉。

行宫草木肥,新帐扬旗旆,
世隆兴福见特使,两厢启哲对。

西夏乃敌对,兵扰谋不轨,
尔今不应与相通,兴贸助其肋。

兴贸延习规,经商运棉穗,
互通有无史悠久,隔山有通隧。

运动益胸背,兴贸双实惠,
西夏强时吾亦盛,吾盛护力馈。

兴贸将魔催,西夏造铠盔,
汴京之约令质疑,尔今无钟馗。

水涨船高位,汴京依峁巍,
倘日西夏施侵轧,钟馗必剑挥。

哲祖以诚最,贤辈重泽惠,
西夏亦人有理智,恩友可斥退。

兴贸不乏匮,战时不军溃,
如此西夏持续强,解忧无日兑。

国强民丰沛,丰沛滋和慧,
为使消忧致人颓,此念不祥瑞。

契丹疆蓊蔚,物博民风贵,
振兴耕织迫在眉,吾朝愿多惠。

得约暖风吹,尔今风散碎,
扶弱抑强令质疑,缔友仍处危。

人以国为队,国众多集堆,
强弱大小乃普见,顶层兑智睿。

天称倾衡位,侵轧酿自毁,
扶弱抑强乃设计,强弱重排位。
　西夏发飙威,屯兵集边陲,
一旦入侵战事急,援兵如夕晖。
　救援早预备,护力随事推,
危急关头援兵到,折损不得瑰。
　侵轧成大憨,害人又伤内,
钟馗剑指狂妄碎,不如和为贵。
　妙在不得瑰,奥在重排位,
扶弱抑强世目瞵,但愿策千岁。
　先哲植中萃,贤辈辅和轨,
哲策中和乃传统,根深又正规。
　世有共科题,相亲互依偎,
互利共赢定世规,相扶度福危。
　对哲似阵擂,问答明心扉,
特使开笑递双手,两厢心开梅。
　绸绫加玉佩,茶瓷又绣帔,
廷上笑揖作谢别,特使满载归。

2012 年 9 月 18 日

西厢记诗

门楼清砖雕,前楼长窗妙,
东西厢楼玲珑巧,后楼三层高。
君瑞英俊貌,得过秀才帽,
只因官爹清命薄,三年未出邀。
西厢住君瑞,琴童上下跑,
孝期已过鸿志抱,借宿攻文考。
租金稍事高,君瑞不计较,
京城人家为贴补,双方感情好。
房东住后楼,楼前种芍药,
官人早仙留子女,夫人守贞操。
欢郎年幼小,千金莺莺俏,
诗书绣画请家教,秀闺兼才貌。
丫鬟名红娘,能做会说道,
服侍家人细周到,活泼又逗笑。
夜静人声悄,厢楼烛光照,
君瑞埋头酌文辞,琴童已睡觉。
月光洒雕楼,塑像似游遨,
凤凰锦鸡梁上绕,牡丹荷花摇。
旭日东方耀,后楼红娘叫,
莺莺早诵诗经调,欢郎背辞藻。
君瑞伸懒腰,琴童忙照料,
天井练习太极操,上楼又动脑。

潢流不断掉,屋檐躲双鸟,
专心致志作功课,窗景无心瞧。

冬去春夏到,花香满院飘,
红娘相约共赏花,君瑞兴趣高。

家人聚花坛,君瑞琴童到,
红娘出题咏芍药,莺莺先开窍。

观叶疑是草,花开吓一跳,
艳惊四邻方知宝,灼人将喜报。

芍药不是草,花开分外妖,
如火如荼爱意撩,快乐在枝梢。

花时宠如宝,花后状似草,
动人一时娇失去,无奈客过桥。

萼蕾似玉苞,楚楚灵魅扰,
一朝绽放亮艳妩,初嫣印心脑。

对诗如对心,蜜语心里晓,
红娘欢郎拍手叫,夫人抿嘴笑。

入秋试期到,新科状元招,
君瑞应试将名报,莺莺动心焦。

阁试中头角,殿试名前超,
文词精彩理衍奥,巷中口令绕。

不法骡发飙,无律牛顶角,
规章分将人物束,方圆安质保。

与时谐步调,补理又新条,
人人平等同守约,人心稳又高。

等榜心浮躁,抚琴身心调,
君瑞弹唱声缭绕,莺莺心微妙。

金榜布公诏,君瑞得头票,
宴庆状元前楼闹,贺语如蜜搅。

美酒伴佳肴,红娘嘴乖巧,
斟酒三杯婚事挑,郎才配女貌。

新娘盖红绸,新郎穿红袍,
夫妻双双拜慈母,花灯又鞭炮。

长窗典故雕,少年登科骄,
檐柱竹形节节高,雕楼福星照。

刚午圣旨到,旨使坐等稿,
彰贤赐作英才赋,内助为绝好。

午末必呈交,朝诵于翌早,
即兴作赋急老小,君瑞先开窍。

登凌琼山高,倚亭放眼眺,
瞵燕瞩雁目致远,心驰志翔翱。

蕙棠斋幽奥,砚笔从意邈,
万卷阅后书香袅,蔚然文树草。

君瑞看莺莺,莺莺却回瞧,
红娘领意诗相助,先将四阕撩。

田间插禾苗,埂上秸穗挑,
打铁作坊将锤敲,质朴又素袍。

荷池清漪漂,菡萏玉红照,
竹林翠青岗峻峭,清秀心中陶。

帖林见骏骉,乐府藏诗鹩,
读帖诵诗使博雅,勤学致文瑶。

丹青绘窈窕,娟绣亮秀巧,
萃戏琼花心娟丽,琴曲致玉佼。

弱风旧麦稻，新穗不伏倒，
良种培育产量高，稻菽足食肴。

新梭飞速跑，织机同使脚，
精构细织又高效，布帛丰衣料。

轻赋松手脚，农工产投笑，
新建税制趋合理，税总值升飙。

励商促供销，扩市汲需要，
买卖融金骈骏跑，财聚国力劲。

史鉴细研考，名人经典晓，
优举良措新发掘，前辙亦挂哨。

育人兴文教，黉门出杰鳌，
诗文策问定科举，戏曲不老套。

先哲重法敩，前策准律条，
天智地灵助朝政，金銮瑞光耀。

水浒运武略，三国通文韬，
孙子兵法不教条，控阵稳券操。

莺莺兑诗助，留下自措妙，
君瑞凝望鱼游曳，倩意满碧沼。

山河目妖娆，衷田怀富饶，
地大物博文蕴深，自信挂倩笑。

贤融作礼枣，中和为揖调，
善友睦邻亲四方，致诚结琼瑶。

行船于浩淼，贤棹抚波涛，
捋袖不懈怀远志，致坚步迢迢。

深思熟勘校，策问得祥兆，
攻研开拓引前路，致睿哲策皓。

谐使解寒萧,和者架通桥,
优良传统如至宝,敬贤贡寿桃。
互利挽世俏,共赢携大小,
鞠躬尽瘁为人民,功名镌史表。

2012年9月22日

双玉记诗

探花有千金,黛玉是乳名,
年幼丧母急外婆,登船去投亲。
出世口衔玉,五彩又晶莹,
祖母爱孙名宝玉,聪明乖觉灵。
上轿入金陵,仆妇随后行,
街市繁华人烟兴,黛玉自提醒。
进得垂花门,正中是堂厅,
紫檀架子嵌石屏,丫鬟笑脸迎。
林姑娘来了!喊声随风进,
外婆含泪搂黛玉,家人亦泪盈。
娇花照水静,弱柳扶风行,
三分西子似微病,袅袅又婷婷。
宝玉进门来,邻坐两肩近,
问这问那颇关心,初见格外亲。
宝冠闪紫金,红袖百蝶金,
团花彩缎云龙褂,缎靴粉底青。
面若中秋月,瞋视目含情,
美玉项圈挂脖颈,眼熟似梦影。
黛玉没有玉,宝玉不高兴,
宠孙摔玉不稀罕,祖母好劝听。
昼则同坐行,夜则同歇瞑,
言和意顺不离影,孩提无猜隐。

荷包绣工精,香袋寄深情,
宝玉腰胯饰佩物,珍件藏衣襟。

蓼汀花溆庭,有凤来仪厅,
亭台轩馆宝题名,元妃姊弟亲。

深庭长日静,怡红时妙龄,
红妆婵娟须解怜,宝借海棠引。

潇湘竹掩映,莫摇青碎影,
凤竹好梦正处长,咏竹宝寄情。

稻村有泉井,杏帘招客饮,
黛扔纸团宝心领,元妃口生津。

藕榭黛咏菊,临霜蕴秀挺,
千古高风说到今,片言诉秋心。

黛爱潇湘馆,宝喜怡红院,
两处紧靠挨得紧,竹翠伴花馨。

诗画书棋琴,作歇自幽静,
大观园里好风景,小辈皆欢欣。

池中浴水禽,灿灼又彩锦,
沁芳桥上独自步,伤感扰心宁。

姿容绝代秉,美如西施病,
如今父亲亦离去,孤栖无落定。

倚床独自愍,两眼泪水浸,
双手抱膝似泥塑,二更方入寝。

春初暖风轻,夏月照窗明,
秋桂香浓蕴胸襟,冬梅雪中挺。

四时有即兴,赠诗抚心灵,
宝诗新作有长进,文采如霞映。

黛悦稍安心，提神振自信，
怀念父母思乡邻，此乃人常情。

潇湘弹筝琴，黛拨丝弦音，
一曲悲壮葬花吟，杯土风流尽。

怡红舞彩笔，绢纸绘丹青，
没骨勾勒描泼渲，宝画花鸟鼎。

黛爱碧螺茗，宝喜尝龙井，
围棋同时品茶饮，至雅无穷尽。

宝玉丢通玉，甘霖不时应，
朝廷责罪下抄令，贾府祸雨淋。

黛玉携宝玉，回乡归田隐，
临别外婆递护玉，船载千叮咛。

姑苏寒山寺，夜半钟声鸣，
江枫桥畔有寒舍，婴啼声如莺。

娟媛抱女婴，俊郎书写勤，
出游香山诗觉灵，梦中亦作吟。

缙幄如霞云，抱枕又拥衾，
梅魂竹魄榻边萦，眠中笑声频。

麝月照园静，杯中琥珀影，
衔山抱水映轩亭，朱楼灯通明。

粉脂妆秀婧，玉钗衬髻青，
群芳夜宴祝寿临，老少皆娉婷。

花芬沁脾心，酝诗如醉茗，
吟成豆蔻犹天津，韵致胜琼璟。

袤田泛青金，阡陌联百径，
粉墙黛瓦映荷池，菡苕似仙婧。

碧湖平如镜,远翠距天近,
一棹孤影摇将去,舳艚鸬鹚瞵。

耕犁使牛劲,桑林撷萃菁,
牧童吹笛绕悦音,饭时闻姑妗。

织机梭不停,丝线随针引,
绢帛绸缎又缂绫,绣花上衣襟。

街市货百津,匾幌热招迎,
目不暇接赏琳琅,比试挑商品。

灯笼缀盛庆,舞龙添隆兴,
戏台唱曲不厌听,花圃嫣馥併。

临池开窗棂,闲座品茶饮,
龙井香萦碧螺春,啜呷神爽清。

酒肆备盅皿,醇香扑鼻沁,
凭阑小酌陶远致,三分恰酩酊。

湖笔描丹青,砚香随楷行,
唐寅徵明又仇英,大家风范赢。

陶玩逗乐兴,青瓷致雅情,
和田青田玉玎玲,貔貅又麒麟。

簧门一席听,授课晓古今,
典故哲理明史事,世和在心平。

名著寓深明,巨匠才高颖,
阅来读过令回味,文心波粼粼。

金秋月圆明,家人尝月饼,
婵娟红玉话开心,娟美萦挚情。

梅绽新年临,除夕鞭炮鸣,
四代同堂聚贺岁,老小相爱敬。

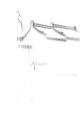

披彩挂红缯,叠酒又锦衾,
联姻婚嫁喜临门,伉俪共励进。
婚后喜添婴,襁褓爱裹浸,
教子有方始牙牙,淑贤小丁丁。

2012 年 11 月 9 日

双蝶记诗

英台书生衣,银心背行李,
双亲面前躬身揖,登船去求知。

草桥亭歇憩,银心舒口气,
见一书生来亭里,问巧去同地。

丫鬟见路泥,脱口小姐你,
山伯相视生惑疑,英台忙掩词。

我家小九妹,漂亮又亲昵,
一路相送五里地,好劝回背脊。

山伯消猜疑,一路称兄弟,
杭城拜师攻试题,文才日十厘。

同窗同教室,邻桌互鼓励,
破难解易心专致,褒奖促亲密。

英台貌清丽,聪明又伶俐,
妙语成串寓深意,对仗又比拟。

山伯人英俊,端正又重礼,
用词严谨不虚浮,章文有条理。

拈稿神怿兮,帖墙轻抑兮,
笑告全班看榜文,本榜出并蒂。

老师名金檀,誉高又严厉,
月设竞题比诗赋,只为心智提。

芙蕖映红鲤,摇曳又浅底,
操橹心绽拨清漪,碧沼通泉溪。

问字晓哲意,阅读通史理,
观戏赏花心娟丽,濡染寓贤智。

信步登阶石，凭高眺翠猗，
朝爽亭里将胜挹，心怀囊娟祎。

百文又千辞，初明见功底，
崇尚翔心展梦翼，翥智逾崖壁。

一个着工丽，一个使骋驰，
看过英台又山伯，黉门出达诗。

恒水滴穿石，执鹄破云际，
水天共励行棹人，汲提有真谛。

耳环留痕迹，梁兄问好奇，
英台解释爱玉琦，从小隐女习。

井水照双影，坦诚对澄碧，
心有灵犀话投机，形影俩不离。

时间如飞驰，三载已成昔，
银心送信来书院，英台谢恩师。

丫鬟背又提，梁祝步慢移，
执意相送十八里，牵语一长堤。

英台步履止，言语难表示，
递上绣蝶一人一，九妹丝萝缔。

相约会面期，七巧日吉利，
许娶九妹做夫妻，与弟做亲戚。

英台回家里，父母喜无比，
谈及婚事有聘礼，婆家有富子。

英台拒聘礼，父女有争议，
马家官大有财势，员外怕不利。

山伯偕母亲，首次送聘礼，
楼台相会知情底，九妹乃祝弟。

梁母二次礼，上门求婚事，

员外狠心拒梁家,英台面泪洗。
皇上降圣旨,马家有纵孽,
县官老爷受审理,家产被封闭。
马家威风失,祝家退婚礼,
员外病发心瘀疾,祝母心焦急。
山伯偕母亲,三次登宅第,
真情厚义送聘礼,祝母终允是。
山伯人大振,从容应殿试,
精准答语得赏识,荣接探花旨。
问及文化题,梁答文焕奕,
有力无神不出彩,文化宜承继。
妙语使憬驰,励言致情激,
描喻叙抒臻隽美,人生赋活力。
婵娟入乐器,淑贤融剧戏,
演故唱事令醉迷,熏陶于悲喜。
青铜玉陶瓷,丹青绫章石,
优良传统寓众艺,龙凤飞盛世。
才女和官职,山伯获双喜,
蝶情花意开并蒂,欢庆举婚礼。
姑苏迎船至,携任动身时,
舻艒双蝶舞彩翼,相随飞城邑。

2013 年 1 月 18 日

秋香三笑记诗

无锡华学士,官兴家富阔,
拥有店铺和家丁,丫鬟仆从多。
夫人事烦琐,爱游又体弱,
贴身丫鬟相待助,秋香管衣着。
秋香惠山人,家父正事做,
只因嗜酒惹病祸,家境日低落。
五月开花朵,夫人游兴绰,
姑苏水巷石桥多,山塘人挤货。
午后人困惑,秀才岸边坐,
泊船写生勾轮廓,船头一巾帼。
秋香船头坐,绢帕待洗濯,
瞅见秀才画本船,羞笑回舱躲。
翌日阳光灼,虎丘岁蹉跎,
船泊山门登石阶,向上步步挪。
夫人喜传说,憨憨井台坐,
秋香描述故事活,妙处乐大伙。
秀才下山来,汲水便饮啜,
秋香欲阻告水凉,只听声咽咽。
井水当酒酌,众人笑开锅,
甘泉清冽令酣饮,神爽心定荦。
夫人欲上山,秋香忙搀托,
回头一笑似鸣锣,秀才心哆嗦。
笑容似蜜裹,巧嘴开心果,
步履轻逸姿婀娜,眼神如电火。

秀才心迷惑,手脚不利索,
心里怪怪下山去,不知哪里错。
秀才名唐寅,吴中有宅所,
一场瘟疫夺双亲,解元从画作。
秀才貌俊秀,丹青同傅忔,
山水花鸟尤绝卓,画品受宠罗。
好画源写生,写生耗银镯,
锡惠大街找零活,盘缠可指获。
华府贴昭示,教书供住所,
秀才面试被聘录,爱子可开拓。
学士有双子,文理根不拙,
秀才真教细改错,文辞今胜昨。
秀才还教字,行楷笔洒脱,
少子勤学果丰硕,夫人下承诺。
夫人早题措,释按图求索,
儿答办事要照样,不可自揣摩。
师曰学生错,供图仅为模,
操实可予参想法,熙听秋香说。
持图将骏索,奔走市马多,
偏偏全无一样的,侍人空回幄。
做事应灵活,思路可开拓,
融会贯通有创新,择优可收获。
夫人又题措,释舸艋同波,
儿答舸艋皆木舟,水上事渔驮。
师曰虽不错,有别不同廓,
舸大艋小嫌偏颇,熙听秋香说。
出渔波淡泚,驾舸拒带拖,

谁知鱼潜羞网罗,侍人白忙活。
动前先出错,纵强又欺弱,
舸网艖渔共斟酌,相扶不蹉跎。
月夜方步踱,花园树婆娑,
为出难题正思索,忽见丝巾落。
秋香捧衣着,沿廊刚巧过,
一阵风吹人失措,丝巾任风驮。
丝巾如媒妁,有意将缘撮,
秀才拾巾秋香掇,对眸光闪烁。
秋香身回缩,秀才紧递过,
秋香有礼接丝巾,嫣笑步回挪。
一载如飞梭,学士测结果,
双子文才皆骉茁,大悦摆酒桌。
夫人问婚姻,秀才颜红酡,
夸口丫鬟任挑选,完婚亲家做。
贴身四丫鬟,个个如玉琢,
聪明伶俐会唱说,书琴可上桌。
秋香鹅蛋脸,纤手又声糯,
凤眼薄唇脑灵活,故事一大坨。
唐寅点秋香,夫人惜爱夺,
学士见广心开阔,成美兑承诺。
秋香迟允诺,心中似蒙锁,
秀才察觉开释说,与偕乃梦托。
画中有馎饦,画里藏丝帛,
湖笔画将祯船泊,如诗抒娟魄。
尔心故事多,湖峰胸中挪,
幽默逗乐笑满箩,和乐开心果。

事明理通豁，是非不疑惑，
尔乃千寻画仪模，婵娟又卓跞。

谢别华亲家，再尝岳家锅，
半数盘缠敬岳父，祛病治体弱。

鼋渚雨滂沱，片舟似摇箩，
雨后碧空万顷波，舟上喝碧螺。

姑苏桃花坞，鞭炮又鸣锣，
徵明枝山坐唐宅，婚礼闹又妥。

婚后又添彩，千金笑声多，
历经磨难双喜获，画笔出神作。

2013年1月23日

《荆钗》记 诗

瓯江有温州,知府试文秀,
如蛟腾起王十朋,名登榜魁首。

清眉秀灵眸,二十露出头,
官爹清正早不朽,门第暂困惆。

王母细护佑,勤儿才茁骤,
天资聪颖通理由,腹中蕴锦绣。

贡元刚退休,卸官烦恼丢,
双门巷里藏闺楼,闺秀系心头。

玉莲贞名秀,貌美聪慧俦,
芳龄十八过豆蔻,琴棋书画优。

文通老亲友,往来品诗酒,
寒暄求媒佳婿筹,两老同拍手。

文通将门叩,十朋称其舅,
提亲合意商婚事,荆钗作情钮。

王母喜转忧,布裙荆钗羞,
文通开释重贤良,只要志不踌。

贡元眉松皱,钱氏不重酬,
继母姚氏另有媒,荆钗比金鎏。

富子孙汝权,貌可却品丑,
玉莲决意嫁十朋,姚氏愤甩袖。

孬日又礼抠,一顶破轿旧,
张妈文通送嫁走,妆奁无玉绶。

旧屋阳光投,窗前鹊喁啾,
同拜天地合卺酒,乡亲闹佳偶。

耕犁有题究,尽孝又刺绣,
伏案攻读兼夜昼,时时递茶粥。

开科甄贤求,既定两周后,
贡元送银盘缠够,盼婿披红绸。

临别手牵手,情深如丝藕,
俪恩缱绻发誓咒,心缕永结鬏。

上马焕抖擞,边走边回头,
士宏孙某同赶考,一路春光诱。

京城呈罕觏,举子如云稠,
诗文策项甄顶尖,十朋抒冠绺。

诗韵比泉流,文理同天授,
状元十朋获恩赐,佥判又礼厚。

士宏榜元耦,周璧探花兜,
佥判推官互敬酬,孙某空自羞。

丞相万俟谋,府上招赘诱,
豪富千金姿娇柔,状元却拒侑。

十朋招赘否,糟糠决不休,
饶州佥判换潮阳,降职为太守。

无奈家书修,捎告喜与忧,
信差接封启邮程,不料遇饵勾。

孙某路上候,歹心截信邮,
花言巧语往家揪,劝酒又灌卣。

入醉闻轻齁,原信被藏收,
仿笔篡写意大疚,潮阳改饶州。

醒来查邮篓,告别赶紧走,
贡元启阅脸失润,晕眩身如轴。

接妻变撑休,招赘娶金秀,

晴天霹雳风雨骤,玉莲悲泪流。

孙某媒事逗,姚氏逼婚咒,
玉莲意冷心似揪,此地难栖留。

王母积郁忧,雨天正午休,
玉莲肩袱后门溜,鞠躬无人瞅。

江边泥黏稠,不慎左鞋丢,
忽听后面有喊声,弃鞋急逃走。

不远见渡口,船工装粮油,
上前求助欲搭船,主人允相救。

顺风行快舟,丫鬟助饰修,
安抚夫妇问细由,玉莲道前后。

一路琴棋凑,春香拜师叩,
玉莲才艺露端倪,悦将义女收。

安抚人善厚,清正好碑口,
此去潮阳升官职,家眷同行舟。

那天玉莲走,家人寻长久,
捡回花鞋悲至极,误认江中投。

王母不信谬,上京澄事由,
家人李成搀护行,贡元又敬赒。

母子相问候,不见妻腕肘,
支支吾吾难出口,见鞋心凉飕。

祭灵慰瞑秀,爱妻梦中游,
携母赴任上官舟,潮阳在等候。

安抚先举筹,新政兴市楼,
后到掌印王太守,志展图宏猷。

开渠拓河沟,筑桥将路修,
水利灌网臻完善,旱涝粮保收。

手工机造投,扩坊建场筹,
废契奴婢可自立,从业得护佑。
复关通贸纽,深埠可舶艘,
仓栈驿馆多新建,海上联娌妯。
丝绸又缎绣,茶叶青瓷俦,
纸笺印版指南针,商贾达五洲。
三年时不久,潮阳甩落后,
丰衣足食钱满兜,光景壮如牛。
万俟长病瘤,免职神恍悠,
饶州佥判刚病故,孙某亦入囚。
时值正中秋,灯会又集售,
熙熙攘攘人车挤,喜悦溢脸眸。
安抚宴太守,家中备肴馐,
相斟醇酿表敬意,叙同辉煌谋。
三盅懈心扣,话匣开缝口,
招赘篡信孤太守,贤妻江中投。
安抚请义女,屏后筝弦奏,
汉宫调里叹悠悠,太守泪滴袖。
春香递笔墨,义女书力遒,
赞余更慕诗格雅,贤妻最诗幽。
明月透格牖,白地冰花绉,
一把玉壶捧在手,冰清玉洁俦。
安抚请面授,义女动怩忸,
春香推拉到屏前,状况惊四周。
对视有半宿,两人若木就,
一模一样魂附身,频频眨眼球。
笑问媒可否,太守不改口,

撷下荆钗递过手,涕笑又抱头。

鸳鸯重邂逅,相思同枝头,
生离死别今相逢,贞爱佳话留。

贡元父女搂,姚氏面带羞,
全家团圆得福佑,美满重开头。

圣旨褒太守,晋升又赐授,
十朋携家赴福州,鼓乐闹码头。

2013 年 9 月 23 日

五娘记诗

乳名唤五娘,丽质又修长,
抱弹琵琶召凤凰,羞腮似粉绛。

伯喈气轩昂,学优名郡庠,
鸾情凤仪眷五娘,吉日拜高堂。

伉俪恩滋漾,缱绻情漭漭,
父逼孝子赶考场,妻亦励腾骧。

南浦桥头旁,俊俏泪夺眶,
戚戚怨怨话嘱别,腰系田玉瑭。

亭阶跌踉跄,有手紧挽忙,
群玉得禧自报名,举子笑声朗。

祗候唤入场,主考大声嚷,
不问贫富与乡贯,栋才必举彰。

诗文又策良,三比显高强,
伯喈喜戴状元冠,玉禧换第装。

元老牛丞相,四朝得重赏,
琼楼翠院绮罗香,金闺如玉藏。

万人齐空巷,云集大街旁,
倾城笑仰状元郎,巡游呈盛况。

遣媒说亲忙,状元不允让,
丞相执意不相放,奇闻传沸扬。

圣上授嘉贶,赐官又配房,
蔡院相府隔一墙,状元心助勤。

别后累五娘,尽奉公爹娘,
衣食洗濯拾秸秆,夜里将鞋绱。

不久涝雨狂,河水淹田坰,
村民暂避迁邻乡,困惑又惆怅。

嫜友张太公,接济公爹娘,
一路颠簸出病况,二老皆卧床。

却婚事遇僵,信使急探乡,
三回家中无声响,不知可无恙。

金闺名淑珍,玉貌又淡妆,
兰心蕙质知书礼,重才轻财饷。

郁步勉徜徉,古琴律不畅,
弦音悠悠隐怅惘,隔墙有智囊。

金闺劝松枋,宽心疏郁上,
太师也觉过紧张,入赘须从长。

太公劝五娘,进京寻夫郎,
照料二老事不妨,送银裹饦馇。

五娘动行囊,琵琶套里装,
临别太公千叮咛,相认勿鲁莽。

登高履险闯,宿水餐风尝,
盘缠用尽陷窘况,京城不远望。

入京卖艺唱,施舍维宿粮,
绝妙丹青画肖像,琵琶尤得赏。

相府设宴飨,玉盏摇金光,
及第琼贤互衔觞,状元仍怏怏。

席间伴弹唱,艺人尽乐彰,
曼曲妙音令丝笑,丞相觉发祥。

院公请五娘,屏后奏霓裳,
琵琶旧曲催忆泪,家妻最擅长。

丞相命别样,院公传画像,

屏侧得禧坐端祥,画锋同五娘。

霓裳又画像,赏酬叠成双,
院公递银唤五娘,状元突发恍。

状元欲见人,惜春拉五娘,
夫妻相拥情激涨,互拭又捶膀。

场景动丞相,谏闺另择良,
伯喈荐婿推群玉,榜元亦书香。

金闺不甘僵,比诗定媒向,
世纶即题丽人泪,胜则共侍郎。

宫秋巡高爽,贵妃孤泪淌,
貂蝉粉泪落魅江,分身欲止浪。

浣纱遇范郎,西施泪别乡,
昭君出塞过玉关,回首泪眼望。

五娘为胜厢,泪格有高尚,
伯喈焕发神大振,群玉拜岳丈。

携妻紧返乡,双亲安停当,
厚礼感恩张太公,忭悦投策访。

开渠掘河塘,助兴手工坊,
轻税减负振各业,栉比新楼房。

三年大变样,赈恤备足粮,
车水马龙市隆昌,勤政恩浩荡。

急诏见圣上,匈奴已犯疆,
难御劲敌二十万,爱卿唯尊望。

伯喈携五娘,群玉亦同往,
五万大军昼夜行,半月赶急场。

先锋露忧惘,阔地成沙场,
犯军精锐气高涨,车霸见多辆。

翌日遣使往,约帅对哲堂,
犯帅胜券握手掌,对哲又何妨。
东坡小丘上,帅旗帐前扬,
伯喈一行与招呼,入帐坐两厢。
伯喈先开腔,发兵图何望?
犯帅笑述显有文,中原令想往。
贵方有衮壤,士强又马壮,
大可自耕建富仓,何必费攫趟。
人世唯力强,统天可称王,
吾军如今力无敌,中原仅热汤。
暴逆不吉臧,吉人才天相,
凭借兵马统天下,天圣不赋睚。
车霸蛇阵王,军素已超强,
不信天来不畏地,令下皆备飨。
胜券恐单相,世事常逆向,
既使统天亦难持,天舵更难掌。
若得中原坤,可设汉官饷,
尔等有才可倒戈,爱才晓吾方。
中原文史长,中和压文箱,
启用汉官返熏陶,融淹失籍乡。
吾令灭九汉,还令焚书场,
不过如此吾非人,诛贬成魍魉。
失道自孤怏,背驰绝来项,
一旦暴孽成事实,将被世沫烊。
人间非森洋,暴者将溺亡,
反劝主帅弃妄想,切莫恶果尝。
若慕中原梁,着可供梁秧,

前提重书友字帖,全数退出疆。
　　主帅语搪戗,犹豫急座旁,
副帅鲁曰休啰嗦,看刀作何讲!
　　主帅欲阻止,鲁已奔出帐,
上马回营驾车霸,阵前喊出将。
　　主帅显尴尬,鲁将人暴睪,
唯恐失控事非理,哲策不占上。
　　五娘不吭响,此时才点讲,
既已如此开先例,点阵定策向。
　　各自回营房,出列对阵望,
车霸六马十一卒,穷凶又猖狂。
　　汉阵出两辆,一辆先单上,
小车双马仨士将,为将执长枪。
　　两车拼刀枪,多回累两将,
车霸凭大撞翻小,追杀致仨亡。
　　后车急转向,看似欲逃亡,
鲁将命箭齐竞发,稍远不致伤。
　　箭数已空釯,后车起士将,
三人合力拉巨弓,长箭飞出镗。
　　厚铠被戳穿,鲁将毙当场,
油火四溅着人马,团火见瞎闯。
　　犯阵又出将,悍将乃死党,
欲施报复横冲来,车霸满箭钣。
　　后车又逃亡,虚射示警棒,
误判动车难箭中,悍追使疯狂。
　　前路已尽头,后车勒马缰,
眼看箭距已逼近,无奈箭出镗。

长箭中肩膀,油火溅身上,
顿时车霸成团火,惨状又重上。

主帅心迷惘,策向指退项,
令人憬悟对阵哲,看来天真帮。

帅举帅印章,问谁愿接掌,
否则退兵成定局,愿者可出场!

来回巡三趟,重申仍无响,
主帅这才下退令,拔营回运粮。

犯阵见后撤,车霸尽转向,
丘上旗飘琵琶响,抱琴坐五娘。

丝弦音悠扬,及远又回荡,
一曲高山流水长,将士多回望。

2013 年 10 月 15 日

娇红记诗

申纯俊眼眉,聪颖又致学,
风姿英挺人温存,勤读好书辈。
前秋登科擂,天公不作美,
临前伤踝足出血,落榜怨疲惫。
父友发邀帖,闹镇可弛懈,
眉州集贸市鼎沸,申纯益不菲。
风暖春明媚,院中浓读阅,
隔墙闺绣扎指血,抛物将气泄。
心神浸卷页,墙头绒团越,
不知情物属何类,怨愁或喜悦。
没有话喋喋,哪来絮联袂,
高腔阔调扰人心,好马声如雀。
朗读茁悟觉,薇荪可蓊蔚,
穷理绝词感日月,试举天助也。
鹄志高颉飞,雁鸣远传辈,
待到瓜熟蒂落时,鱼龙将化也。
绒纸往来累,字间道娓娓,
丫鬟凌波欲再掷,娇娘劝歇歇。
闺名同玉玮,娟秀又婧美,
稍事羞臊腮红绯,娇娘露笑靥。
庭内花坛垒,牡丹展新叶,
凌波笑引娇娘随,芳龄开心扉。
翠叶衬金蕾,含苞藏韵魅,

欲晓花开是骄人,先知告妩媚。
笑声传后背,回头见俩位,
申纯腼腆作揖拜,诗对心温慰。
枝头双蒂蕾,四眸惊鸿瞥,
凌波又叫又指点,心窗闻喜鹊。
探家心帷揭,双亲喜上眉,
申纯父母遣提媒,父友却推诿。
返眉亲拜谒,父友冷如雪,
娇娘励试眼含泪,及第再媒约。
埋头作考备,专心继昼夜,
金绡团凤又香佩,申纯力双倍。
秋试举英杰,诗文又策略,
申纯优胜中状元,事愿不相悖。
试末过殿阅,问及怎治内,
申纯应答出惊语,精奥得圣悦。
严冬会捂雪,厉雪惊霰觉,
清明廉政如暖风,暖风能化解。
激励创兴业,扶持顾盛微,
以富惠民促融谐,群体紧和袂。
松缚轻赋偕,截断勒索劫,
祛症化结优商榷,民乐国强崛。
父友拜申家,贺罢提婚约,
两厢定亲乐公岳,笑间谈亹亹。
不料登差爷,厚礼又聘帖,
太尉豪府帅公子,单方定婚配。

父友拒力微,差爷逼又嚎,
帅家财势可遮月,倔从前约违。
娇娘急又悲,郁病侵心肺,
气血瘀积得重症,婚期如浮叶。
申纯遭婚劫,无奈心闷憋,
负屈赴任倍尽力,赞誉遍县内。
清廉得口碑,阳光又文斐,
旌扬晋升廉访使,朝廷树锦旆。
申纯却奏辞,回家事煎煨,
圣上不允令速查,助肋意明确。
丞相断是非,规劝公子退,
朝廷用人坚如铁,不退则官削。
公子退婚配,心石终落卸,
娇娘心悦气血通,汤药大口喂。
不久身康谐,脸上又润绯,
择日耆酒合衾被,携赴就新位。
公事顺衔接,丞相帖上谒,
举家小酌突来使,餐桌搁笔页。
帖上求稿写,内助为佳绝,
甗甉清懿为赋题,申纯先开飐。
艺精演妙绝,典故伦理叠,
淑贤鬟仆戏中人,懿范牵上月。
甗甉胜膏蟹,回味同酣烈,
扶老携幼去看戏,戏散议喋喋。
观戏清眸睫,褒贬明分界,

善美高尚举正派,劣恶作丑角。
　戏中有亭阶,泉溪浣纱缬,
拾步洗濯令高洁,身如兰荷叶。
　申纯先四阕,凌波亦试跃,
娇娘凌波常评戏,戏迷有见解。
　鸡斗引邻喋,邻喋致恶野,
守法村民把尺度,怒怨可掩掖。
　细耕亩产越,送粮捎干秸,
勤劳青年走埂街,邂逅与燕鹊。
　素衣持洗洁,餐粒不留碟,
节俭淑闺记无米,兰香沾袖腋。
　安早拜娘爹,挽扶赏花蝶,
重孝淑贤敬父母,心地呈白雪。
　凌波弄思烨,一呵亦四阕,
申纯看罢催娇娘,娘子可秀襭。
　御强抵侵略,遭困志不厌,
急智化险势逆转,疆土依昱晔。
　夯圩又锤铁,店家苦诉业,
质朴官人体民生,策政不偏斜。
　蔼笑点玉缬,相事可商榷,
谦和使节播谊苗,边陲成商界。
　会友相揖悦,共事处和谐,
礼让淑贤多知亲,远程丰挚约。
　追踪玉蜂蝶,摘录燕喈喈,
尊贤文豪挥情笔,颂扬时人杰。

山水入琼液,街风融茶叶,
高雅琴师作韵谱,醉客登宫阙。
家训又师诫,耳根打记楔,
清廉官人如玉珏,品行皆明烨。
传统催鱼跃,文化振鸟颉,
勤读儿女将转形,化龙成凤也。

     2013 年 11 月 2 日

风筝误弄记诗

琦仲俊逸哥,炯眼又挺颏,
赖靠母弟抚养大,师竹臻韵格。
舅子友先弟,玩心重学课,
富养惯宠勤缺失,卷力不劲测。
舅妗爱如子,哥弟同护呵,
两独书屋各自院,墙高无阻阂。
近邻詹烈侯,气平又语和,
隔街府邸两闺院,韩宅对詹舍。
詹闺淑娟姐,秀鼻俏颊颏,
端妍聪慧钟诗文,灵眸略高额。
二闺爱娟妹,双眉如飞蛾,
皓齿绯唇含笑乐,自矜不探赜。
春夏风温热,旋风多廻折,
琦仲扯线风筝落,淑将诗筝摄。
彩筝如飞鸽,睿智不闭塞,
耳闻八方文理哲,眼观纵横辙。
书池育金鹅,凤凰出茅舍,
茅舍顿开鹅长涉,琼楼酒满盏。
笔墨侍诗筝,开言解心疙,
淑筝放飞落错院,友先巧拾得。
长涉苦为何,有酒能解渴,
情窦初开正逢时,赏花为佳择。
墨字添诗筝,调侃胆大个,
友筝放飞又错落,爱院收筝得。

字语令羞涩,赏花胜饴饹,
娉婷婀娜立初荷,今夜良辰喟。

墨迹留诗筝,筝飞心忐忑,
爱娟扯线筝错落,琦院竟误得。

池中月明皙,池边对诗晢,
爱琦相会不脉合,琦心觉抖瑟。

幽别心收撤,全神迎举测,
赴京参试诗文策,状元无惊愕。

戚伯叩对门,詹迎媒事合,
友先爱娟成婚眷,洞房少纠葛。

奉诏征边塞,犯兵势止遏,
西川会同詹烈侯,琦归功显赫。

詹揖戚伯贺,提亲俩乐呵,
琦仲淑娟成鸳鸯,洞房琦打瞌。

詹岳将远涉,公厅家齐阖,
两对新人互咋舌,笑讽又婉责。

倩语可满车,靓词溢厚册,
琦仲致歉盼大赦,淑将三试设。

吉夜带簪花,内房有把扼,
三个丫鬟手端盘,三关如深壑。

田中有甘蔗,蔗中有甜泽,
广植还需多灌溉,恩水不干涸。

河中有飞舸,舸中有稻禾,
抚恤还需多运粮,惠河不狭迮。

濯白梳翎翩,曲项向天歌,
谜底隐妙在动处,定便是浴鹤。

窗开星月射,上联韵律苛,

翠香投帕促下联,石冲水天摺。

心门起提闳,鸾凤情骤热,
互叙相释解差讹,风雨同艋舻。

晋升又提格,平乱稳稷社,
江南巡按琦贤德,百里旌旗褶。

韩宴斟酒喝,二分醉成蛾,
淑试状元殿诗题,爱亦榜眼课。

琦回望翠曰,探花题尚可,
旨为传承书帖策,着胆来试策。

古有二王折,后有庭坚册,
鲜卑高丽传汉书,东瀛多摹者。

帖中见飞鸽,娉婷又巍峨,
憨态可掬笑呵呵,纵豪又放歌。

见字如见人,形意心中核,
浮想连篇酌蕴涵,灵阁面池荷。

明帖呈贤德,同现惊险壑,
承史载青书可鉴,扬善抑恶讹。

日月悬千古,明帖醒前辙,
举善行德可入诗,帖碑将诗刻。

哲理通界河,贤德融世泽,
汲古博今晓中和,铁石开玉萼。

琦喜不惊愕,称句一气呵,
翠香诗缕甚独到,中和尤明澈。

不唯楼上折,还看池鱼乐,
中和摒弃旧暴念,同乐为上客。

淑亦拍臂胳,好个小诗蛾,
理正道明令回悟,尤推醒前辙。

轩窗通早景,晓烟露羞涩,
明帖在胸醒前辙,碧潭透珹功。

2013 年 11 月 2 日

《珍珠塔》记诗

祥府太平庄,簧门秀一方,
奸佞陷害家父亡,母病入膏肓。
家贫如涤荡,无钱开药方。
方卿无奈奔襄阳,投亲借银两。
姑母惜赒济,姑丈却解囊,
义女翠娥更大方,还劝稍滞养。
翌日约书房,采萍领履向,
姐弟相会格外亲,诗酌又墨香。
伟岸气轩昂,花容仪端庄,
青梅竹马无猜疑,心语对志向。
日月如梭往,时辰似水淌,
一叶篇舟下沧浪,捋袖奋使桨。
时分贵金两,无价难赎当,
历尽甘苦千里航,杏村有琼浆。
草字如脱缰,驰纵又奔放,
方卿走笔如龙蛇,俨将米芾仿。
横笔如坐堂,竖笔似松昂,
翠娥楷书习真卿,雍容又安详。
庭中步徜徉,树下诉心肠,
采萍俏指连理枝,目转心荡漾。
翠娥拜爹娘,袒语出肝肠,
方卿出众才貌双,婿事可筹当。
入赘乐姑丈,拍手大赞赏,
可惜姑母倔不允,除非登金榜。

方卿别襄阳,半日见亭廊,
忽听身后马蹄响,姑丈递包囊。
简语送姑丈,亭中解包赏,
珍珠塔上金线镶,翠娥留语仰。
珍珠似梦囊,颗颗圆又亮,
但愿梦真如期偿,庭中再徜徉。
倩语促神畅,脚下轻云降,
快步如飞到山口,山外暨籍乡。
不料有劫强,棒打又夺抢,
方卿紧抱珍珠塔,财物尽掠光。
劫强一溜光,方卿浑身伤,
动弹不得头昏晕,珠塔仍无恙。
困步走踉跄,岸道湘河傍,
体力不支终晕倒,瘫肢仰面躺。
正巧有泊船,上岸补盐粮,
走近见状即施救,取板又抬扛。
来人毕云宪,赴任官舟航,
旨授四川巡禀官,前程正康庄。
方卿卧船舱,滋补又药汤,
毕母叮嘱精照料,康复日渐涨。
半月如枝晃,方卿举谢觞,
临别毕兄赐银两,励试又补方。
方卿回家乡,请药又购粮,
多谢刘邻细照顾,送米又敬酿。
方母体渐康,督子备试忙,
嫁时闺门亦书香,教子自有方。
乡试连会试,甲名已蜚扬,

殿试折桂中状元,方卿登金榜。
殿题怎税网?方答应细章,
税系民生关国强,汲失如血淌。
异业不同样,减免可榷商,
合理税制如阳光,哺田孵工场。
纳税应表彰,享惠又鼓扬,
稽罚评级树新尚,旦丑分角唱。
赋厚民力旺,税丰国使昂,
人人护税圆众望,福理深瀁潢。
求赦奏本章,圣上恩旨降,
授赐七省巡抚官,正名又弘彰。
方卿荣归乡,友邻沾喜光,
叩谢拜别众乡亲,携母奔襄阳。
九松亭在望,远见人车旺,
正是姑丈率亲友,恭迎佳婿郎。
陈府喜气洋,彩挂千寿廊,
方卿翠娥偕拜堂,挚爱成鸳鸯。
圣上贺旨到,恭喜又嘉贶,
鹡鸰如今变凤凰,陈池灌蜜汤。
珠塔搁洞房,不久有妊象,
采萍提衫笑开裆,襁褓备停当,
方母训姑母,做人要善良,
姑母辩解是激将,教子有偏方。
毕兄来拜贺,毕母捎吉祥,
姑丈毕兄系师承,话题呈多样。
官船改民船,方卿换便装,
微服私访探实情,除恶不声张。

三载不久长,硕果一筐筐,
彰善扶正提风尚,百姓热情涨。

皱皱朝阁窗,半亭拼双档,
孩提无猜玩梅竹,石岗观星相。

对诗孵鹣鹣,心雁系梦想,
肝胆相照敞廻肠,紫薇红心房。

珠塔比博堂,珍珠似圆瑭,
迷惘之时眼前亮,雪中见梅棠。

玓瓅闪希望,志激人奋上,
超常发挥才过人,哲策满智囊。

得悉确中榜,鱼会燕齐翔,
瑭玉之人得重任,方圆泛瑞祥。

耷酒衾奁妆,披红共拜堂,
福萦双亲乐取友,喜庆闹洞房。

廷上奏明章,圣赐八夔棒,
偕携赴任贤内助,奔走甘骈骦。

巡察又暗访,祛恶扳邪裆,
力扶正业惠民生,功名得镌扬。

2013 年 11 月 20 日

《金扇缘》记诗

周璧籍姑苏,俊雅又质朴,
一榜解元不做官,专事画诗书。
平江河街古,桥下行舳舻,
周璧搁板运画笔,栏边神专注。
小姐青云淑,貌美娇娆姝,
丫鬟红玉紧随扶,夏日街市顾。
节气已入暑,稍走出汗珠,
折扇店里挑金扇,黄花梨木骨。
小姐提字画,店主喊招呼,
河边画生接秀活,红玉题扇图。
粉墙黛瓦屋,木舟摇长橹,
周璧欣笔水墨浮,水乡返真璞。
平街闲逛步,似踏天堂路,
周璧出诗前两句,思急窘踌躇。
红玉紧相助,悦然妙语出,
执扇啜茶清香拂,小酌诗满觚。
扇上字画瞩,小姐心折服,
示意红玉多施酬,周璧收半数。
红玉秀眉目,胎授有诗肚,
只因双亲病缠缚,孝女毅从仆。
狮林石突兀,洞隧途迷糊,
青云红玉兴致高,攀登又探路。
见石似月老,红玉请嫁符,
小姐腮红挥扇逐,脚滑扇飞出。

周璧正勾图,头击似落杵,
弯腰拾起金木扇,崖上笑声睦。

歉语一束束,周璧臂上竖,
红玉探手身下俯,咫尺情视渡。

又日游东园,周璧笔娴熟,
画毕添诗前半阕,正筹后句赋。

池清丘菁芜,峰蓄石蛰伏,
山水横披轩举悟,客醉成惊鹄。

玉将后句补,意境正合伍,
周璧落笔心满足,谢语出肺腑。

小姐观字画,眼中敬仰露,
红玉提议再比诗,勤犁可壮黍。

秋山桂香馥,寒友梅松竹,
春来紫藤挂烟渚,夏池荷楚楚。

山茂德富庶,水丰智裕足,
相濡以沫守家园,鸾凤携翔鹜。

周璧画素簇,小姐伦理组,
红玉点评小姐胜,诗韵有高足。

胜者可提助,空扇绘彩图,
画题梅兰又菊竹,小姐至爱乎。

扇上画工酷,小姐念突忽,
诚心敬请拜师傅,施教进陆府。

周璧乐聘雇,红玉快语呼,
约日画师如期赴,叩见陆父母。

小姐真贤淑,丫鬟亦深浦,
周璧不言眼却露,陆母笑相诉。

红玉第衔书,诗作如娟觚,

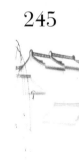

虽为侍女却致高,堂上可题赋。

周璧措题出,孩童学楷书,
急于求成字不达,熙聆红玉抒。

巧鬟代绣鹄,针飞又线舞,
似醉不飞客摇头,羞鬟窘绣姑。

求成不图速,错将急眉蹙,
长棹陶娟漾品韵,蜚誉同甑瓴。

周璧又题出,少年学操觚,
择易从简不细注,熙聆红玉抒。

巧鬟送绣布,赶集约大户,
一行山前寻迂路,到时已卸铺。

学无轻捷途,授传承重负,
潜心攻研不浮躁,功到瓜蒂熟。

陆府多店库,绸庄改画铺,
边教边画有定所,成品供售数。

周璧承传哺,家有名画父,
小姐扇画进艺著,佳品受高估。

青云艺名树,媒约如滴注,
今科状元遣聘礼,陆母笑纳复。

佳闺婚事布,陆府喜忙碌,
感恩谢师问姻缘,周璧话吞吐。

小姐荐红玉,红玉恋呵护,
陆母作主牵丝萝,画铺作礼数。

青云嫁状元,红玉配画属,
两对新人同拜堂,美姻令羡慕。

洞房花灯烛,缱绻相倾诉,
旨授江南新巡抚,婚后将同赴。

《金扇缘》记诗

玉璧合一处,艺苑飞锦鹄,
诗画韵品一抢空,画铺如春驻。
督办累巡抚,打道刚回府,
门履急促圣旨到,明朝呈乐赋。
啜茶对月烛,美眷推心腹,
张懿荣赐将诗作,人生佳乐赋。
书中有金屋,获知拓思路,
人生一乐当看书,摄字又阅读。
熙耳专目注,授论开识浦,
人生二乐当听课,明理入智库。
耕耘不虚度,勤劳又俭朴,
人生三乐当工作,奉献自慰抚。
弹词说今古,声形共曼舞,
人生四乐当观戏,剧场孵心鹄。
弦上五线谱,琴中萦清馥。
人生五乐当赏乐,乐池天鹅驻。
泉溪声汩汩,登峰又听橹,
人生六乐当旅游,魂情凝岚雾。
烹饪炒荤素,脍炙伴琼露,
人生七乐当美食,佳肴嚼味酷。
翠芽杯中浮,清芬明心目,
人生八乐当茶饮,神聚思疾速。
笛指琵琶抚,唱歌又跳舞,
人生九乐当文娱,开心悦情愫。
快走绕花树,做操又跑步,
人生十乐当锻炼,健体春常驻。
萼蕾掩妮姝,绽放亮艳馥,

十一乐生当赏花,快乐在艺圃。

青梅竹马笃,鹊桥遇歆慕,
十二乐生当婚姻,拜堂赐囍福。

襁褓为人初,婴啼斟笑读,
十三乐生当生育,未来怀胸处。

高堂得膏补,子嗣获导疏,
十四乐生当行孝,节日团家属。

仁心将弱扶,济贫帮困户,
十五乐生当践慈,人际沐昱澍。

行楷篆隶书,丹青点诗赋,
十六乐生当书画,妙肖返真璞。

钱庄加息附,良田可产黍,
十七乐生当投资,滚利如雁雏。

高匠或名厨,商品与服务,
十八乐生当创业,纳税成大户。

执着释迷缚,睿智揭鲜幕,
十九乐生当创新,造福嗣后族。

尽瘁甘公仆,贡献植誉树,
二十乐生当青名,载史登功簿。

濩渃起颐湖,廿乐为共度,
人生价值大诠释,附议喟磔磔。

御墙透风出,闻飞随轱辘,
乐赋径传遍街巷,千家又万户。

2013 年 11 月 20 日

艾丝美拉达传诗

名镇有咖饮,长桌围廿龄,
一旁单坐书生皮埃尔,边饮边思理缕心。
一个慕千金,一个追富婧,
几个转身数问皮埃尔,书生铿答纯爱情!
笑声还未停,嘲语已濒临,
纯真爱情可比金和银,踏破千里却难寻。
丑妆遮靓俊,假皮帖和匀,
剧院妆师力饰出神化,事成议价三倍赢。
独自巴黎行,豪城聚富贫,
先遇执鞋拦问一疯婆,十五年前丢女婴。
广场聚人群,"愚人"逢节庆,
举'愚王'钟人卡西莫多,貌丑贯辱今王瘾。
教士拦游行,愚王下跪停,
教士拆其披袍摘其冠,竭声训斥得从听。
不远有弹琴,翩舞姿娉婷,
舞者姑娘艾丝美拉达,苗条俏丽如玉珺。
踏拍转手铃,腰部摆快频,
山羊加里伴演祈祷姿,博得片时喝彩音。
教士大喊停,有渎众神灵,
吉普赛人止演全走人,姑娘无奈随后行。
书生好奇心,远远跟踵影,
拐角遭劫抢人呼救命,书生紧跑急奔近。

书生挨击晕,愚王当猛禽,
正巧卫队赶到将寇擒,姑娘话谢露仰歆。
马上双骑行,勇士貌帅英,
姑娘赞美队长菲比斯,喃喃互语含温情。
愚王判受刑,露背血淋淋,
卡西莫多嘴渴求水喝,姑娘善良递水饮。
教士不怜悯,暗咒发神经,
书生担心暗护姑娘行,无意误入圣迹径。
两人打架衅,血红染衫巾,
此时只见跑来一壮汉,同时推开两厢君。
一个脸肿盈,一个鼻铁青,
旁人哈哈大笑过戏瘾,一场格斗暂平静。
有个不速宾!喊声又激群,
有人手指书生皮埃尔,轮番推去见首领。
首领判词定,牢刑或联姻,
几位女子靠近都摇头,还嫌胳臂不结硬。
末遍再问讯,姑娘高声应,
愿嫁儒弱书生结联姻,只为书生不牢刑。
教士来斥训,方知是假姻,
书生反疑关切出何心,身为教士应持矜。
恩情萌爱情,佳日有约定,
队长副官私谈被偷听,教士咀咒又跟影。
静巷借花厅,相见热吻亲,
教士嫉冲猛砸力百斤,勇士倒地留血印。
教士求爱情,遭拒发狠心,

直指姑娘将祸推嫁人,来兵错抓理倒行。
　　姑娘被判刑,喊冤又苦吟,
司法官审案不讲公平,书生纠结难决心。
　　教士又现影,探牢乞爱情,
姑娘不从宁愿受酷刑,教士冷退颇灰心。
　　广场正施刑,一发压千钧,
钟人愚王攀绳出教堂,救回姑娘报恩情。
　　姑娘被吓晕,教堂外声紧,
兵与吉普赛人正冲突,血肉模糊多呻吟。
　　教士来套近,书生被骗信,
为救姑娘急忙找小船,绕自后墙小门进。
　　教士又斥训,钟人难辨清,
教士书生挟着姑娘走,三人摸黑划舟行。
　　河面泛氤氲,教士脸沉阴,
教士搀扶姑娘先上岸,突然夺桨猛推艇。
　　双影雾中隐,书生无桨行,
双手替桨划水作吋进,重又靠岸即追影。
　　跑过几巷径,前面胡同进,
教士再求重提偕私奔,姑娘宁死不允情。
　　教士目狰狞,绝望又怒愠,
断然敲响疯婆大宅门,强拉姑娘入内庭。
　　疯婆先让进,然后抓妞襟,
拐吾孩的是吉普赛人,复仇怒眼冒火星。
　　教士去搬兵,屋里稍安静,
姑娘诉说自幼无双亲,两厢同舟共悲运。

疯婆不觉醒,挣扎有松紧,
裯中掉出一只绣花鞋,瞬时疯婆实受惊。

疯婆目注瞬,取鞋作双拼,
一对成双小巧绣花鞋,两人顿时全豁明。

拥抱认至亲,爱语得赶紧,
教士搬兵将至快逃离,话时已晚兵降临。

队长菲比斯,罔顾下捕令,
亲娘死护孩儿不抵用,书生见状痛决定。

入宫先报名,本名又父姓,
书生亲爹原是名法官,严父孝子系爱卿。

陛下亲审定,证人席数进,
皮埃尔毅然上奏陛下,吉普赛人应等平。

姑娘诉冤情,陛下详质询,
圣前教士不敢再抵赖,如实坦白自反省。

事实已澄清,姑娘无罪行,
回问姑娘日后怎打算?愿嫁书生终联姻。

又问无他心?队长曾温情,
菲比斯小人缺德无品,恩仇相抵不欠情。

再问嫁书卿,是否已称心?
相貌欠佳但能呵护人,秉直正气又善心。

陛下笑声轻,示意再看卿,
只见书生慢撕假脸皮,渐露真容超英俊。

喜上眉眉睛,品貌皆称心,
回头再向陛下求官职,英才报国有门庭。

法官已满聘,遣使需一卿,

心系与邻国货币流通,亟待商榷怎筹运?
　　金元双筹运,兑换自由行,
金本位与多元主并行,安全可靠稳民心。
　　元主拥裕金,元主可新旌,
内政和谐又外政共赢,稳固强盛不轧侵。
　　教士判受刑,主教下逐令,
巴黎圣母院前一场惊,爱情故事传后今。

　　　　　　　　2014 年 11 月 9 日

《皆大欢喜》传诗

大国好公爵,致富又和谐,
仁治惠民睦邻受爱戴,扶贫济困兴百业。

公爵好口碑,令弟却不学,
结党营私篡权成殿下,还将爵哥逐山野。

忧虑蒙小姐,同愁急侄妹,
小姐才学公主罗瑟琳,思念双亲面不悦。

公主已换位,财产可支配,
侄妹西莉娅面诺未来,归权还财心毅决。

教少识不缺,勤读又好阅,
青年奥兰多善勇斗狠,心直品贵思上颌。

赛场来姐妹,殿下坐中位,
威武拳王胜算奥兰多,赛前舆论多倾斜。

殿下遣姐妹,言退又劝别,
青年仍然角斗势悬殊,喧场顿时静无雀。

青年施招绝,专攻其两肋,
终场青年举臂弱胜强,不可思议眼镜跌。

殿下问门楣,青年报官爹,
罗兰爵士在世受前宠,听罢殿下皱紧眉。

小姐表忱微,赠链奖不怯,
青年颈挂项链举力杯,全场掌声如阵雷。

殿下心发憋,勒令逐小姐,
和气美丽多才成竞敌,侄妹公主方可睬。

叛逆不遗写,梅竹不拆节,

姐妹合心联抵共抗旨,狠心殿下出绝帖。
　　姐着男衣鞋,妹穿牧女靴,
两人互抹炉黑巧装扮,月下悄声离宫阙。
　　叫出小丑角,一同乐采猎,
远走高飞又消声匿迹,亚登森林去找爹。
　　亚登寒风冽,森林盖冰雪,
虚饰浮华猜忌皆远离,流放公爵自抚慰。
　　恬静月明洁,尘嚣不顾屑,
鸣鸟鹤树溪琴不使孤,身安神逸心如玫。
　　不见公主翡,不见小姐妼,
殿下刚悉姐妹已失踪,又报小丑亦隐魅。
　　老仆有灵觉,灾祸迫在睫,
青年听从紧携快逃离,岗上回望蹄尘飞。
　　食珍却难噎,快马回信页,
抓捕马队到时已楼空,殿下至此感孤孑。
　　七天又七夜,终将大山越,
前是亚登森郁丘林带,已到林界伫跳跃。
　　巧遇柯林爷,自愿售牧野,
递过金银珠宝收契约,柯林返聘教牧业。
　　老少互挽携,已入林边界,
劳累疲乏饥饿力已竭,老仆困步身趔趄。
　　林中摆碗碟,野餐飘香味,
青年呼声上前将食劫,公爵臣爷笑语解。
　　欲餐先器卸,良语胜刀械,
不可理喻致不得化解,奉食供住可商榷。

青年即收械,道歉又致谢,
以为森林野蛮故使暴,为救老人才扮劣。
　　老仆伏壮背,坐席忙致谢,
公爵和悦说声请用餐,老仆饿慌猛咀嚼。
　　奸臣挑是非,矛指二哥背,
二哥奥列弗亦遭放逐,不幸踏程往林界。
　　爱诗纸上写,纸挂醒枝位,
项链挂胸爱蒙奥兰多,青年不时念小姐。
　　探林过姐妹,见纸好奇阅,
仔瞅细看妹问怎感觉? 韵欠可却情真切。
　　妹呼看指页,赫然同名写,
恋人罗瑟琳何日相见,莫非青年来林界。
　　风传语娓娓,青年偕臣爷,
正是罗兰爵士三公子,梦与小姐定耦配。
　　话毕走臣爷,青年独赏叶,
只听身后嗨声来人近,一双哥妹先发威。
　　先问你是谁,又问爹娘辈,
林中查户询籍成惯习,青年口答心相悖。
　　为何爱河跌? 爱诗何处撷?
词话摘自彩画与挂帷,为表眷顾将语借。
　　我的巫术绝,能将爱洗冽,
青年拒巫莫术心如铁,宁可每日来赴约。
　　几月如期约,今日却迟违,
来人奥列弗诉说原委,青年受伤壮举也!
　　傍晚日落斜,青年正回歇,

路遇狮人相搏前救助,不幸被爪抓出血。
　　猛狮挨剑削,负伤逃窟穴,
被救来人正是奥列弗,患难哥弟亲加倍。
　　伤中记情结,遣哥代赴约,
虽迟犹早小姐生慕爱,才俊尊容添英杰。
　　三人拜英杰,青年连声谢,
正巧公爵臣爷闻讯来,三对六面叩心扉。
　　小姐问公爵,佳婿何择抉?
公爵面诺青年定招赘,青年誓娶又拜岳。
　　那边对誓约,这边亦情瞥,
西莉娅奥列弗心入鹊,惊鸿上腮又嘴餍。
　　邻国不相觑,殿下怒气叠,
奸臣挑唆动武施强力,不慎出兵实侵略。
　　邻国受威胁,群组共御掠,
几次出兵不利多受折,殿下问策无谋略。
　　奸臣又唾液,祸因推公爵,
连月贤士走失往森林,唆请统兵剿林界。
　　殿下督征筛,号令拔剑械,
危时走来一伯年修士,手持策杖语恳切。
　　殿下息怒也,恶况可化解!
良策互利共赢可共享,皆大欢喜燕雀跃。
　　自大已错也,更错为侵略,
系铃解铃决策全在你,一人归隐天下蔚。
　　许门领姻配,双双手联袂,
林中大堂庄重举婚礼,喜气洋溢氛热烈。

殿下自退位,王权归公爵!
来人正是大哥贾奎斯,专送诏书至林界。
臣爷问确切,公爵复王位,
大势已定恳请自离去,臣将撰书载史页。
忠臣不摇曳,公爵表敬佩,
约在修道院旁小木屋,待完编著再见耶!

2014 年 11 月 16 日

格蕾琴与浮士德传诗

晚霞映湖山,粼粼金潋滟,
梅菲斯特偕友浮士德,两人侃侃促膝谈。
　　饱读古著撰,题多如河悬,
俊貌浮士德才智过人,博学书生空缱绻。
　　儿时俦耍玩,同窗又同年,
梅菲斯特擅才系人脉,好言劝友攀姻缘。
　　爱树结理连,双蒂系情莲,
男大当婚成家乃天伦,书生动心允媒旋。
　　富贾养娇惯,千金貌美艳,
高贵娇矜交际花海伦,达门贵邸常赴宴。
　　芳龄多媒言,屡约却怠恋,
好友引见书生浮士德,欣约花园初相见。
　　言及珍宝奁,语涉花裙边,
海伦滔滔不绝谈嫁妆,浮士德厢露窘颜。
　　话不相庭院,致不衔屋檐,
提起古史海伦无兴趣,无怪书生难再见。
　　好友广人缘,再媒不着难,
梅菲斯特牵线莉丝辛,两厢约处仍花园。
　　热情作寒暄,温文又俏妍,
官爹落魄调低莉丝辛,碧玉看好书生面。
　　谦逊代卓见,勤快替能耐,
宜亲未必能同舟共进,浮士德厢约委婉。
　　继二有再三,好友心不甘,
梅菲斯特信约格蕾琴,学士深闺特执扇。

执扇步逸健,两厢轻臂挽,
书生话时闺秀认真听,言到疑处相讨研。
　　端庄姿态嫣,红润有笑靥,
不紧不慢细声说事理,语气温柔令耳羡。
　　论今复古典,人文又哲言,
天文物理与天南地北,话题广袤议无埠。
　　语度分深浅,类别有展延,
两厢思境意域高契合,鸢凤邂逅天有眼。
　　咖茶滋思远,理想催梦甜,
一觉醒来出门羞襄空,不如日夜奔赚钱。
　　青山点近远,碧河秀袤涓,
理想如同花树与流水,精神世界财万千。
　　花园评爱恋,苦辣又酸甜,
一阵酷热秋凉落枯叶,金甲片片息花坛。
　　爱情如禾田,播种又施灌,
春暖秧翠而秋获金穗,凡生和美羡煞仙。
　　街道观景迁,人心浮翩翩,
群体情致异同多调派,强权排异欲独揽。
　　文化宜多元,缤纷才绚烂,
画笔勾勒上彩使悦目,赏心盖过衣宿餐。
　　广场接北南,不同习俗惯,
社会制度犹如铜币模,不同方圆难贯串。
　　共驻寰球面,同享昱顾眷,
包容和谐理同生态链,融氏名曰科学观。
　　湖堤问议案,趋利又弊端,
令利智昏贪婪偏颇弊,决策失误令倒陷。
　　利大扬渔帆,弊巨紧拴缆,

偶尔一石二鸟多为兼,催利同时消弊端。
　　　　书斋论力变,质量衡尺杆,
杠杆强弱失衡出暴逆,恐龙自毁将重演。
　　　　落差时短暂,东方和龙潜,
和龙扶弱抑强持平衡,睿智人类拒自偃。
　　　　闺房唠德贤,仰慕同美琰,
哗众取宠往往多得敛,高雅实乃苦合莲。
　　　　百合调郁肝,莲子化邪腺,
文明进步唯尊合莲饮,崇尚高雅不会变。
　　　　偕步登山巅,夜凉添披肩,
问及宇上明月多变脸,世态炎凉难测探。
　　　　日照月光衍,反射入眼睑,
位差视角心态有缺满,月球恒定是近圆。
　　　　书生问前瞻,闺秀答乐观,
先知天机鸿程如智鹏,双颉高飞尽了然。
　　　　是非不作判,日后自论断,
梅菲斯特请来玛尔特,邻妇乐将正媒扮。
　　　　礼书上聘案,岳家款佳宴,
臣爷贤母兄妹全赞成,一对鸳鸯结世眷。
　　　　教堂举婚典,亲朋合诗班,
格蕾琴愿嫁与浮士德,共拜天圣护良缘。

2014 年 11 月 23 日

萨拉夫人传诗

湖山傍古镇,名街浓书芬,
民居学馆沐朝甚亮丽,萨拉夫人正出门。
　　靓楼有双层,檐苑相嫣衬,
喊声妈妈奔出小贝拉,七岁女孩智茁腾。
　　律师职高称,帅气又逸盛,
丈夫梅雷封特关好门,相别反向去伊城。
　　伊城十里程,商集如云层,
千金玛尔乌特住静巷,大户阔绰敞豪门。
　　千金衣摩登,妖艳又新裣,
巧遇律师相羡在市政,主动攀谈情日增。
　　几日不见人,鹿跳心发怦,
从此频约外出在幽处,情侣眼里爱星迸。
　　律师家室陈,遇艳新爱萌,
心底深处一股弱抑力,不抵冲动削理慎。
　　丈夫失魂神,妻已知三分,
只是暗自伤感不动声,女仆贝蒂当策臣。
　　贝蒂心善诚,得护不孤身,
从小跟随夫人喜看书,书房做事常磨蹭。
　　言情如甜羹,看多自入门,
谈情说爱又人情世故,其理伊奥渐探深。
　　贝拉捧书本,面爹择字问,
海枯石烂又山盟海誓,释语未忙额吻。
　　贝拉弹琴声,喊爹赐纠正,
演示弹奏又乐理谱章,指尖相触心共振。

岳父亦缠藤,约婿摆棋阵,
车炮伴攻又天兵天将,醉翁之意不在胜。
　　岳父将茶斟,红茶飘香芬,
岳婿对饮又品茶论道,天南地北议人生。
　　公婆怕凉风,夫人赠药参,
温文体贴并贤惠照顾,婆媳相护睦爱甚。
　　翁孙爱至疼,呵护如玉琛,
贝拉手拉翁爷兜街市,孙女聪明又纯真。
　　师长住前镇,夫妻拜师门,
攻略法学且品学兼优,师长赞扬好学生。
　　泛舟坐车篷,游湖登青峰,
千金师长受邀合家游,一路话题伴笑声。
　　初恋有物证,湖畔有石凳,
一见钟情并畅想追梦,腼腆挽袖轻作揾。
　　贝蒂递信封,纸旧情言真,
频约往来甜诉意绵绵,婚前恋度能灼人。
　　贝蒂领歌哼,接唱或合声,
夫人喉美而千金走调,歌声悠扬兴致升。
　　又将诗题呈,限字酌句承,
夫人熟能而千金错搭,赋诗作兴人如筝。
　　点指划景帧,四人当画圣,
夫人勾画着彩令入眼,画笔娴熟得高分。
　　荷袋五上扔,拼图片时成,
夫人眼明手快又取胜,喊阵喝彩乐众人。
　　字谜如蛇阵,名家又君臣,
接二连三夫人抢在先,通熟古史悉人文。
　　方纸折多棱,倾刻化鹤鹏,

夫人心灵手巧变花样,构思快捷手出神。
　　　　花苑摆桌凳,举筵贺寿辰,
　　旧朋好友相会格外亲,千金偏疏心觉冷。
　　　　相师打氙灯,靓照留笑神,
　　一边千金旁观全家福,口酸舌麻眼发楞。
　　　　旧妻品优等,关爱如母圣,
　　不该推开且非她莫属,夺人主桢心不忍。
　　　　相恋两年整,恩情满大氅,
　　欲罢不能又欲结不成,抱怨择爱无杆称。
　　　　良知捶心畛,箴言如玉镇,
　　我心已决与你断情绳,望你回归重作振。
　　　　狂风断风筝,浪掀画舫沉,
　　驷马难追往日那浪漫,犹如浇身雨倾盆。
　　　　婚外攀情藤,理亏心自扪,
　　扶老携幼尽孝乃天职,呵护爱情胜百珍。
　　　　不怒且关忱,包容又耐等,
　　策设亲情攻心爱重温,真爱伟大护家城。
　　　　家室持安稳,和睦又操贞,
　　执手互爱偕老度耄耋,幸福和美过一生。
　　　　鸳鸯不错认,相思不乱紊,
　　不断缱绻又常系眷顾,夫唱妇随步前程。

2014 年 11 月 30 日

《钦差大臣》传诗

平川有富市,大河筑秀堤,
两岸商街繁华引观光,赏文购物聚人气。
市政办公室,宽敞又明丽,
安东市长眺窗人觉疲,文书忽报将信递。
看罢眼露急,迅将众召集,
新任钦差欲来作巡视,明察暗访暂不知。
官员众热议,建议派探子,
市长别无他法组人力,大街小巷布监视。
青年任教职,出游乘闲时,
下榻旅馆上街尽好奇,了解市井多问题。
探子盯可疑,将人请进里,
市长殷勤招待众请见,青年作谦忙答礼。
锦语析哲理,俊容透睿智,
青年伊凡是彼得堡人,貌才吻合无相媲。
钦差人在视,确认已无疑,
暗访不能明察可布置,市长心里稍得意。
市民获消息,沓来又纷至,
市政厅外聚集众人群,争见钦差递状纸。
市长忙请示,递上一叠纸,
伊凡将错就错示接纳,政厅开摆作审理。
不断扩城邑,人多校舍挤,
校长罗加抱怨告市长,校园扩建不扶持。
市厅愿扶持,只是暂无力,
市长亦怨在建多投资,一时紧缺难顾及。

校舍应紧提,育人为长计,
市政扶持加学校自筹,还可募捐三合一。
募捐没问题,本城富商集,
市长自愿承揽责二力,校长接受颇满意。
人多赶就医,繁忙却无利,
县医官赫里司强上告,市长抑价无道理。
涨价须公议,不得行擅自,
市长坚持议程严审批,医方无权将价提。
利薄是事实,议程履宪制,
降低药商利税大可为,直接采药更有利。
涨价违民意,医护弱群体,
一边高价一边不得治,社会安宁在公益。
医官刚谢离,邮政诉状启,
局长费道尔状告市长,决策延误建快递。
快递需实力,人力又物力,
多投网点又捉衿见肘,哪有资金再分匙。
发展有副翼,延误招阻滞,
邮政快递建网可分步,起动资金可筹集。
快递有收益,滚动加推力,
市长局长握手表合力,快递业务将兴起。
货价如激漪,波动趋涨势,
市民状告市政管理员,莫视民众陷困篱。
货品如草植,百态又千姿,
管理员阿尔铁姆诉苦,厂商抬价保自利。
货有发源地,抑控是新题,
产地流通全程掌信息,联动平抑应发力。
行舟浮柔漪,平价得民意,

丰衣足食又安居乐业,国泰民安盖他理。
　　购并显财势,店铺遭驱离,
铜匠与餐饮主合诉状,状告富商无品懿。
　　买卖有书契,法官亦允意,
富商阿勃杜林语出格,多钱量购随吾意。
　　有钱是好事,买卖有禁宜,
比如市政厅与皇宫林,私钱禁买公益地。
　　铜匠属传艺,名餐供可食,
行业已久又喜闻乐见,保留低租为善宜。
　　美语诱迁移,返住补巨币,
市民上诉房产人彼得,不守信用夺居室。
　　条款标明细,约定有默契,
旧宅改造新居靠巨资,投入回报有法依。
　　条款不参谜,约定须实际,
降低差额又付款分期,工居不行霸王理。
　　民天为衣食,民地为居室,
一边豪宅一边无居室,不合圣情与天理。
　　市长表谢意,明策解难题,
还邀伊凡当晚赴家宴,贤妻闺秀全出席。
　　宴上语亲密,夫人话投机,
提亲欲将闺秀嫁伊凡,两厢鸿謦有心意。
　　五日如星驰,伊凡欲别离,
市长特派专车送伊凡,官员市民齐谢揖。
　　时巧大车至,宪兵将书递,
市长看罢顿时发呆滞,刚到才是真臣使。
　　伊凡遭绑臂,大臣即审理,
市长官员市民相好语,恳求大臣开恩释。

文书记案例，凿证凭录笔，
大臣细阅笔录渐紧眉，众人担惊心忧急。

蓦地笑声起，大臣令开释，
离开彼得堡时得圣谕，甄荐栋梁有赏赐。

案例实难题，颇见有才识，
这等英才陛下定欢喜，引荐准可得赏赐。

绣帕表爱意，千语凝眼里，
闺秀玛里娅叮嘱伊凡，早日迎娶完婚事。

大车回程启，宪兵护严密，
真假钦差阔论谈政事，一路笑语伴腾蹄。

        2014 年 12 月 7 日

《樱桃园》传诗

五月春尚早,遍地花樱桃,
风转乍暖还寒留长霜,庄园葱翠景幅辽。
　　远轨汽烟袅,火车跑又啸,
彼方河旁牧童吹芦笛,白头翁鸟枝上叫。
　　樱桃制酱熬,腌干媲饯枣,
成品送往莫斯科诸城,脍炙人口畅远销。
　　双骈马车高,远列缓速到,
养女率众久等接亲人,火车小站颇热闹。
　　长旅达汉堡,挽步伦敦桥,
夫人小姐偕教师男仆,漫行巴黎赏时髦。
　　古式又华豪,老屋比城堡,
夫人下车受拥刚入宅,亲朋好友接连到。
　　寒暄感情好,也有来开导,
表弟劝说庄园可出售,近来拍价连攀高。
　　平常锁眉梢,见利才开笑,
表弟夏耶夫精明过度,继承父业成土豪。
　　商家来回跑,传信又面聊,
富商陆伯兴多次承诺,开售一定得厚报。
　　中年成财豪,擅言嘴舌巧,
富商陆伯兴颇有风度,立业胸襟比灏漾。
　　夫人口栓锚,庄园系梦鹞,
表弟将其邻园独出售,拍得高价中囊饱。
　　富商喜得标,庄园同珍瑶,
陆伯兴筹措别墅开发,砍树拆林兴高潮。

气候有不调,经济有低潮,
夫人樱桃欠销资拮据,农民薪酬却不少。
端庄个高挑,蔼容总乐陶。
为人处世昭显富教养,夫人柳巴品懿高。
爱夫刚折腰,夫人守贞操,
妻承夫业且深得人心,仆人农民相肝照。
家人紧开销,外人却相扰,
好友鲍利斯诉由借钱,夫人出助还慰抱。
表弟拒言表,富商勒钱包,
好友感叹慷慨与吝啬,人情温差同壤霄。
晴天下冰雹,人灾难预料,
开发商擅自取缔合约,理由竟是房退烧。
合约打水漂,本金搁荒岛,
富商房产投资如叶凋,如今庄园仅剩草。
富商气更小,表弟亦不掏,
好友又来借钱同前次,只有夫人支现钞。
稍久出蹊跷,表弟被诱导,
参投私募资金贪高利,血本放飞无归巢。
好友却显耀,还钱将息缴,
承诺两年还清本和息,旧情新恩一并报。
好友好运道,勘察揭秘奥,
白胶矿泥量大隐庄园,贫脊土地藏巨宝。
好友亦土豪,庄园收成少,
友哥生前常去作知客,借钱养农问友嫂。
资金充裕饱,夫人眼高眺,
老仆找到橱屉秘方处,樱桃蜜饯重掌勺。
年龄虽耄老,矍铄又健矫,

老仆费尔司从侍两代,深得信任与护疗。
　　工艺须提高,优质合高效,
请来大学生兼作指导,新进装备提誉褒。
　　英俊风华茂,爽朗挂和笑,
大学生彼得专攻药剂,父子职业同制药。
　　樱桃营养高,美食兼药效,
学生彼得撰文一登报,供不应求货紧俏。
　　四十不算老,独身盼家小,
好友鲍利斯迎娶养女,两厢丝萝蒙发早。
　　清秀不常笑,明事懂礼貌,
养女娃略学从女教师,并任助理管家要。
　　保质又提效,促销撰文稿,
夫人提媒撮合美姻缘,彼得小姐成俪鸟。
　　温善貌丽佼,活泼又撒娇,
小姐安涅年仅十七岁,正处中学毕业考。
　　智商汲益敩,情商化氍毹,
陆伯兴历事觉悟不少,为人态度大转好。
　　夫人崇德媼,好友循善道,
两方合计出资助开发,草园又将别墅造。
　　园大资金少,开发慢步调,
陆伯兴招募农民集资,滚动还需加力撬。
　　众薪火焰高,开发进快道,
买租多种方式助推销,前期售罄后期招。
　　利羹众得勺,农民开颜笑,
富裕农民也来相争购,售房兴旺势火爆。
　　思正步迢迢,清逸又逍遥,
陆伯兴也来提亲娶人,教师基蒂愿同锚。

聪颖又秀貌,修长姿窈窕,
从小跟随父母演戏法,言语动作多花巧。

遇难于汉堡,双亲皆折腰,
邻居太太收养供读书,学成回国从家教。

男仆个不高,仆实偕勤劳,
雅沙联姻使女董涅沙,夫人置房送襁褓。

悠长林荫道,澹月柔和照,
清风拂煦芳香满伊甸,如梦甜美人酕醄。

甸园系梦鹨,希望腾袅袅,
赖依生息繁衍子孙地,四代同堂满屋笑。

2014 年 12 月 20 日

《华伦夫人》传诗

萨里郡名芳,东麓偏南长,
见斯尔米尔风景迷人,一座别墅尤显靓。
　　栅栏作园墙,屋妆格子窗,
外边公地延伸至天边,大红坡顶衔门廊。
　　夏午暖阳光,和风拂绿场,
长桌撑起两顶帆布伞,长凳躺椅围桌旁。
　　园内花鲜放,清新浓芳香,
门口小狗连声叫汪汪,亲朋陆续登门访。
　　夫人迎客忙,小姐心瀇瀁,
女儿今过廿五岁生日,夫人请来众知厢。
　　咖啡加方糖,茶饮琥珀汤,
奶制甜饼又生日蛋糕,水果蜜饯满盘盎。
　　爱夫早病亡,夫人心凄怆,
孤守贞操又抚养女儿,从职律师敬奉岗。
　　剑桥优学奖,毕业从师讲,
女儿小姐薇薇人开朗,数学授课得褒扬。
　　医师治术强,商人拥运航,
公务员偕爱妻歌唱家,廉正公仆伴亮嗓。
　　撰书登名榜,严教护儿长,
作家儿子从职工程师,机械设计有新创。
　　大家围桌旁,相对坐四方,
两端单坐夫人与小姐,为表恭词声纷抢。
　　夫人呈题绛,尽显高素养,
职业守则规范与精神,各抒己见作开场。

信誉如桂芳,口碑喻街巷,
华伦夫人题谈关律师,开门见山立榜样。

严谨审案档,明察又细访,
秉公维权且守护公理,推理琢据不偏向。

实事真据详,求是导判向,
深思熟虑又遵循宪法,公平公道正气扬。

名医褒誉享,高明治病殃,
普瑞德应题谈及医师,简明扼要论诊堂。

听诊把脉相,集智开药方,
斟酌病情又熟知药效,力使患者重振昂。

尽心祛疮疡,全力治膏肓,
根愈疑症并救死扶伤,行善行德护健康。

品信于市场,格信于钱庄,
克洛夫茨题谈及商人,懿指买卖点画舫。

互利开邻窗,共赢走四方,
艰苦创业且百折不挠,从小做起成富强。

质系情礼尚,有质才有量,
诚信载誉且纳税守法,货运通达销远方。

文笔描肖像,词彩绘景场,
塞缪尔应题谈论写作,文豪任重有担当。

汲古博今塘,漪开生梦想,
语言生动且文字优美,真善优美笔端扬。

词台演朝阳,借口说褒彰,
塑造人物又倡导新风,启引世人奔康庄。

仿松犹翠苍,尽职如雁鸰,
波将金应题谈公务员,不渎官职留清芳。

公务系国昌,挺身作樑枋,

善解民意又协调群体,正使权力为安邦。
　　廉正居荷坊,建功载史榜,
爱国爱民且恋山眷江,国家意志藏行囊。
　　丽音婉清亮,聆听如赏光,
凯瑟琳应题谈歌唱家,艺术正魅令娟堂。
　　技艺不凡响,功底压厚仓,
饱耳佳音使艺术可餐,赏乐嚼珍品高尚。
　　抒情如临江,华调似登嶂,
深达意境并饱富感情,天籁激发甜梦酿。
　　机械出新匠,设计得金奖,
弗兰克应题谈工程师,机器鸣谱宏调唱。
　　探索破旧幛,发现获新氧,
勤奋研究又力揭天窗,新事新物迁手掌。
　　科学观念强,创新意识旺,
优质高效且层出不穷,文明之鸟续翥翔。
　　天职自幼仰,育人不留藏,
薇薇小姐题谈与教师,教室问答如殿堂。
　　备课桌灯亮,成竹在胸膛,
详释名义又播笋迪芽,触类旁通建慧坊。
　　语数理化舱,满载优质粮,
输送灌装又开河拓浦,甘当橹工达彼方。
　　守则指个项,规范对共相,
守则与规范共同制约,条理分明为正航。
　　蓊蔚靠阳光,精神源修养,
多读益书又汲取精华,传统文化蕴膏方。
　　连席语热腔,众人敞心房,
小姐薇薇致谢叔舅嫂,午会气氛至高涨。

席间降玫棠,夫人眸徜徉,
两位青年骑上自行车,昵笑挥手去兜逛。

2014 年 12 月 31 日

《玩偶之家》传诗

铁栅围院子,屋东攀蔷枝,
双层双檐偕格窗石隅,清水红砖作墙饰。
门径入厅室,宽敞又明丽,
一架钢琴卧摆在窗前,沙发长桌俦凳椅。
夫人从医师,爱夫任经理,
同舟共济并事业有成,一家五口享日子。
圣诞喜临至,心如蘸蜜汁,
夫人携孩们上街选礼,采购光顾浓兴致。
店面如鳞次,人流似涧溪,
小块空地上集一群人,木偶表演正热炽。
孩们好声齐,尼尔尽魅力,
夫人预付可上门演售,圣诞之夜订惊喜。
祖上怀绝艺,专将木偶制,
尼尔一家承传有作坊,特为退迩木偶戏。
爷的动嘴皮,爹的会说词,
尼尔新制的兼动能说,还会表演擅赋诗。
圣诞夜降至,拼桌成凹字,
教师阮可与店主林丹,携家作客赴宴席。
尼尔守准时,入门先拜礼,
木偶达人登场致贺词,爱夫与客同惊喜。
尼尔笑见意,每人出一题,
木偶达人可接题赋诗,末毕集分判高低。
相处要和气,愉人亦悦己,
大女儿伊娃先出一题,达人接题演赋诗。

钢琴曲响起,曼妙又蒙迪,
达人作谦让与拥抱姿,口出阕句成热诗。

谐和融大气,矛盾化斝卺,
尊语当酒又谦姿作酿,美酒佳酿怡彼此。

父母教和义,先生授公理,
与人同享兼与人同乐,天下平和为甲礼。

护身裹正气,抵寒又抗疾,
夫人娜拉潜意引一题,达人应题续赋诗。

择曲轻音起,曼妙又蒙迪,
达人作出双手向上姿,口念联阕成公诗。

树正成大器,康道不偏离,
平易近人又引领前程,恪守规范与常理。

翠松可培植,鸿雁待育翅,
酝酿正气又熏陶华彩,文化冶炉出青瓷。

品行同美丽,情操见旖旎,
小女儿艾米欣出一题,达人吐芳成昵诗。

崇德同仰晞,心房升丹曦,
富丽堂皇又温馨淳熙,凡生在世踵高懿。

孝善且仁慈,爱民爱社稷,
得人口碑使芳名流世,有德之人拥亲昵。

说话要真实,假话害人己,
儿子鲍勃脱口出一题,达人有阕联辨诗。

秉真讲事实,旨要在求是,
积极开拓持实践第一,不断检验得真理。

真理依实是,独立将揭示,
循科学且牵利于广众,不为虚臆所转移。

德才兼备至,有心又有力,

银行经理海尔茂出题,达人联阕成举诗。
　　举贤有标志,德才皆优致,
品德高尚且专长超群,心力强劲挺一织。
　　专家带技师,博士偕硕士,
攻研功成又懿养奉献,深得赞扬载青史。
　　做人要老实,善心具良知,
保姆安娜亦欣然出题,达人芳齿透善诗。
　　扬善如播地,丰年可预期,
好人蔚然使好事成风,社会和美人惬意。
　　街巷浓善气,恶劣无砖市,
言行讲美同助人为乐,善习慈俗暖人际。
　　清雅饱耳鼻,高尚充眼底,
教师阮克点出育人题,达人吐诗字清晰。
　　兴尚为神怡,华彩亮段子,
丰富多彩又造诣深厚,悦目赏心令受益。
　　人有突触器,觉流生意识,
格调高雅伴清新明洁,意识自然步玉地。
　　发明新物质,推动新科技,
店主林丹太太出一题,达人倩语联新诗。
　　天窗不封闭,睿智可开启,
不断探索且持续进取,科技进步无终期。
　　立新具广义,百业重举力,
高效优质又喜闻乐见,涵盖物质非物质。
　　出题尽心智,达诗帖人意,
鸣锣共计得分双八十,乐得大家神兮兮。
　　表演令新奇,收效超预期,
夫人议价又孩们促成,谢酬可观留达诗。

夫人富诚意，达诗甘义子，
叩拜双亲即请赐姓名，木偶梦生入家席。

2015年1月11日

破瓮传诗

威悉河岸畔,不来梅巷间,
手工作坊俦古董店铺,林立栉比连成片。
　　巷道折曲弯,错综令迷眼,
精雕露台又路铺石板,白墙老房朴雅典。
　　巷底一餐馆,人挤头动攒,
生意兴隆得新老光顾,菜肴脍炙使忘返。
　　堂中设长案,中置一瓮罐,
瓮肚硕大且肥壮滚圆,犹如笑星在招揽。
　　烛下正就餐,酒杯碰碟盘,
富商瓦鲁特偕利希特,收藏话兴浓甸甸。
　　醇香致慧眼,四眸聚瓮罐,
两人离座来到长案前,认真观赏细品鉴。
　　利希特擅鉴,博识又卓见,
当下瓦鲁特提出求买,几番提价遭不愿。
　　店主不允言,此物乃祖传,
镇店之宝视如口中玉,无论高价不动迁。
　　这边对好言,那边语灼铅,
商主马特与伯利吉特,两位太太懂古玩。
　　太太亦赏玩,捧瓮如择恋,
只听啪声瓮口掉碎片,两位相责互诉冤。
　　破瓮不值钱,店主瞪怒眼,
此时瓦鲁特又提求买,仍按高价终如愿。
　　邻巷半开面,陶瓷修补店,
瓦鲁特捧进破瓮请补,店主看过语惊憾。

旧瓮可溯源,系搭丝绸船,
出自中国明朝仿古窑,飘洋过海隐巷间。

虽破身价潜,修复不犯难,
倘如参拍定得数倍加,一旦修复价万千。

店主艺精湛,誉名扬近远,
店主议价附值分先后,富商爽然承诺言。

剔净使角片,鬃笔描彩颜,
皿中陶粉虫胶调和黏,酒精灯下煴固干。

清洗工为先,拼接旧陶瓣,
休整补缺后粘结打磨,上彩煴固尽复原。

修复无痕斑,完璧归陶眷,
瓦鲁特转将参与拍卖,抬价三倍竞拍案。

议价已在先,赢利十分三,
瓦鲁特送店主三成利,钱数不小颇可观。

随父学艺旦,心存卑微感,
店主儿子亚当受震悟,沙中金子亦亮灿。

决意挑艺担,立业创片天,
亚当发力精学十八般,碎陶块瓷当布片。

半开改全爿,租赁变售产,
亚当买下整店扩营面,陶瓷兼修还代鉴。

才艺日熟娴,鉴别臻准判,
陶史瓷历又古今名家,亚当与爹争誉妍。

收集古陶瓣,积聚名瓷片,
修复名器一个又一个,不乏远客送修鉴。

马特有小店,主营陶瓷玩,
女儿夏娃亦热心相助,爱古玩器更痴眷。

说起亚当店,马特夸口赞,

夏娃决定拜访增见识,挑携两件将路赶。
　　见面热寒暄,边话边接骈,
亚当清秀和气人温文,动作细腻又精练。
　　桌上摆茶点,实地作察勘,
技术繁复又工艺精密,仿如裁剪或制钻。
　　晌午刚过半,行船见彼岸,
二件玩瓷重归原俏态,姑娘心头爱哗然。
　　二次又相见,重访致谢言,
马特诚聘亚当为艺匠,互利共赢两家联。
　　马特生姻念,约见老掌店,
红脸亲词提媒欲结缘,两个当家定姻宴。
　　吉日披纱绢,马车插花环,
亲朋好友睦邻来贺喜,小巷披彩成婚殿。
　　市厅明又宽,名人受接见,
市长政要邀成功人士,亚当受请谈感言。
　　特长如金燕,颉颃尤矫健,
熏陶承传且顺长苗势,身怀绝艺立峰巅。
　　卑微系杂念,立业莫秋千,
执着进取而志者事成,开弓没有回头箭。
　　兴业在志坚,行行出状元,
略胜一筹或凤毛麟角,社会分工造诸贤。

2015 年 1 月 25 日

《威尼斯商人》传诗

广场鸽步傲，露天客厅闹，
百米钟楼联行政官邸，盛大狂欢到翌早。

迎春神致高，逢人便开笑，
安东尼奥遇见鲍西娅，同学亲纯话如潮。

淑嗣问安好，商人答奥妙，
事业有成且纳税大户，唯因单身避家媪。

娇容似红桃，再问何梦缭，
商人话题兴业乐陶陶，立志涉远步迢迢。

七窗拱形俏，豪厅可舞蹈，
三层宫殿装饰大理石，雷佐尼科聚杰豪。

商人探商道，旧官成商蛟，
安动尼奥遇巴萨尼奥，新商坦将真话告。

辞官因渔钓，下海入商潮，
营货渔利又竞争激烈，只嫌初营税事高。

商人试秘奥，隐税可少报，
旧官否然经商应誉实，纳税守法为荣耀。

宫门金光耀，透窗观橹艄，
殿堂美丽伴桨声汩汩，黄金宫里聚政要。

商人摸官道，旧商成政要，
安东尼奥遇萨莱尼奥，新官诚然谈情操。

弃商因慕鸟，从官意凌霄，
磋商政事又开拓城途，唯觉务公薪酬少。

商人试诀窍，拢权将利套，
旧商不然从官应奉公，秉直清廉楷竹筱。

屋式叹息桥,小窗可窥瞧,
令人憾叹或相守相爱,凌空横跨履轻飘。
　　淑嗣问安好,暴富赐紧抱,
葛莱西安诺聚热堆笑,显摆炫阔费私邀。
　　探问富之奥,先机巧引导,
何为先机又先机何来,笑口支吾如嚼草。
　　利大税事高,公船多一棹,
暴富却语公益不挂脑,唯独舒逸享现钞。
　　泻湖隐小岛,穆拉诺誉灏,
玻璃器皿又珠链斑斓,工艺秘诀蒙纱罩。
　　渡舟水上跑,邻座两富豪,
夏洛克遇葛莱西安诺,衣衫阔绰气派超。
　　言露掌密钥,精明投门道,
倘如闺秀配风流暴富,荣华不尽有依靠。
　　夸语慕意表,后日相约邀,
夏洛克起姻念欲招婿,暴富有觉献殷笑。
　　彩虹下渔岛,宅墙披彩袄,
艳丽鲜亮伴多姿绚烂,仿佛跨世入童谣。
　　登岸疾步跑,意乱且心跳,
女儿杰西卡与爹争吵,婚姻大事应自导。
　　店堂里外套,帮工忙打包,
英俊店主正校对花稿,精美蕾丝畅制销。
　　见面急相告,定亲在今宵,
店主罗兰佐偕杰西卡,带上聘礼往回跑。
　　迷人利多岛,沙滩颇逍遥,
疗养胜地览海水浩淼,心旷神逸人酕醄。
　　女儿持执拗,不悦心头罩,

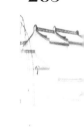

好友杜伯尔伴夏洛克,婉言相劝多开导。
　　女儿赏才貌,人品最重要,
择婿非愿又婚事已定,如意不嫌家财少。
　　暴富不可靠,风流多忧扰,
也许女儿眼力胜一筹,不如顺意备褓褓。
　　雷雅托鸿桥,挺立跨河道,
多贡拉木舟来往穿梭,店铺云集多诊疗。
　　诊所听医道,拜师请赐教,
夏洛克接收心理疏导,身心健康最重要。
　　遇事不烦恼,病起心懆懆,
好友相会或咖茶下棋,庭园绿地慢步跑。
　　听戏观歌蹈,阅读自乐陶,
愉悦心情又注意营养,健魄强体疾病少。
　　里亚尔托桥,两端集商号,
贸易繁荣且人才济济,货运通达连世漕。
　　酒店开酒窖,大宴供琼醪,
鲍西娅嫁于安东尼奥,婚庆宴席格外闹。
　　俊秀挽丽貌,交杯结俪鸟,
叩拜双亲又斟赐亲友,亲吻博得满场笑。
　　新娘文韵佼,身姿尤窈窕,
鲍西娅门第亦属富豪,择偶崇品重格调。
　　运河金水道,大船远泊靠,
商人登舢回首将手招,岸上众亲大喊叫。
　　玻璃钻珠宝,机器咖啡药,
鲍西娅抱婴目送大船,满载将去长江道。
　　百岛建百桥,城桩百万凿,
宁静悠闲又令人迷醉,涛拍堤塂如篮摇。

《威尼斯商人》传诗

摇篮萦甜韶,襁褓入琼瑶,
珍爱生命且关心社会,提袱娟梦渡锦涛。

2015 年 2 月 3 日

费加罗传诗

何时起怨仇，边界挖壕沟，
枪炮开火又子弹嗖嗖，铁片横飞破谊帱。

子弹无情眸，肆虐欠内疚，
伯爵爱子参战不多久，不幸牺牲命归宿。

噩耗催泪流，双亲泪湿袖，
伯爵携夫人参加葬礼，悲痛欲绝心如揪。

侍人紧随后，照顾力细周，
宽慰伤懊又时提趣事，撷暖力挽归春畴。

夫人心空悠，餐时神似丢，
伯爵请侍人替坐空位，话题不断还斟酒。

勤劳且快手，聪明又品优，
侍人费加罗肄于中学，好学思进成书友。

最爱上书楼，揩拭作护佑，
书籍上百且法学居多，挤闲翻阅增智筹。

话题不停口，夫人感温候，
尤当话题涉及诸案例，意返神归被善诱。

难案系劳纠，劳资蒙怨仇，
雇工辞职并受雇新主，带走工艺得高酬。

工器不同缶，艺韵不同豆，
自带工艺且自创别新，更具风味宜人口。

雇薪为低酬，实乃操作手，
自学钻研且触类旁通，聪明智达成新就。

工海飞单鸥，艺坛结孤榴，
多少失败又半途而废，难与运星相邂逅。

创新应护佑,思进可牵头,
热心相助或赞扬鼓励,幸逢成者应赐酒。
　　原主可先优,高薪聘旧友,
或许雇主愿付受益金,旧情新怨一笔勾。
　　大案起河沟,污染成祸首,
昔日清河今生浊发臭,居民多病鸟啾啾。
　　祸起有源头,制革用硝硫,
脱毛工艺使污浊河流,长此以往洁使走。
　　革坊如利牛,牵绌不顾后,
排放禁令下暗使偷偷,恶况不改民疾吼。
　　关键在排垢,排垢有滤斗,
滤斗设备昂贵成本高,单一工坊难承受。
　　集资力合投,立举脱硝侯,
全揽脱毛且摊薄成本,高效滤斗控排漏。
　　皆大卸忧愁,欢喜沾脸眸,
统一脱硝加工不用久,河将变清洁亦留。
　　疑案因商纠,三方同货售,
两价超低使伊方陷困,伊方受损来诉求。
　　甲方为主谋,乙方为同谋,
恶意竞争乃另有企图,盖下垄断遮眼眸。
　　实可分步走,伊已利欠收,
先予伊方减税轻负荷,并劝乙方价返旧。
　　不然二步走,扩大再需求,
同时劝伊合理降低价,仍劝同谋价返旧。
　　否则三步走,扶持新营售,
终贷三方且长贷新方,淹没垄断于白粥。
　　恶起歹寡头,妄使独揽秀,

289

扰乱市场且物价不稳,人心浮躁殃前楼。

　　阐明静四周,结案牵双手,
法官伯爵在法院陈述,博得满场拍赞手。

　　连得高票投,正理将心扣,
当事双方赞同无异议,陛下闻后赐琼酎。

　　陛下亦题谋,下折征理由,
克隆盗版频发多诉状,为何立法怎抑莠?

　　奏折饱绸缪,深思熟虑俦,
伯爵与侍人相议共认,保护原创致远悠。

　　盗版为歹牟,侵誉夺人馐,
不动智慧又不费心血,中饱私囊殃公轴。

　　原创海空游,澜文壮图秀,
一朝成果公开遭盗版,多年心作化烟嗅。

　　歪风伤新秀,邪气痛白头,
长此以往艺坛绝原创,文明之窗无鸟瞅。

　　立法当今宿,利害告广畴,
经济重罚又誉权制约,迫使违者深痛羞。

　　正风舒额头,书香满斋楼,
倾心撰著又咬文嚼字,淑贤打造心字绣。

　　思绪系梦头,观念牵臆牛,
英思明念谐动使滚轴,文明之车入韶州。

　　夫人思前后,侍人应加酬,
置房购物且操办婚事,还将侍女作俪俦。

　　文静貌丽秀,可爱常笑口,
侍女苏珊纳话语幽默,常陪夫人外出游。

　　新房不离眸,二里可见瞅,
虽小干净整洁不见陋,婚被嫁衣备齐筹。

伉俪挽臂肘,双仆成佳偶,
伯爵庄园成婚礼殿堂,侍人如今同嗣后。
　　伯爵请亲友,夫人邀叔舅,
不提伤事且情浓礼厚,大喜之日氛温柔。
　　婚后又喜俦,得子乐老叟,
允将新儿与爱子同名,伯爵腑语出心口。
　　干戈化犁牛,枪炮变通舟,
不起硝烟且和平共处,珍爱生命护绿洲。
　　不使坏恶谬,包容将法守,
相敬睦尊又公平竞争,互利共赢享丰收。

　　　　　　　　2015年2月8日

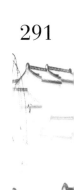

朱丽叶与罗密欧传诗

街窗妆鲜花,露座喝咖茶,
维洛那人悠闲喜蹓跶,步街相遇多话茌。

城外种果瓜,良田排藤架,
一条清河由北伸向南,恰将城郊分两榻。

城中房豪华,巨富有两家,
一个城东而一个城西,贾伊邻心颇疙瘩。

前世结怨家,争利紧篱笆,
曾为利地之争动干戈,不惜流血夺筹码。

陛下旨判衙,强将边界划,
曼多亚河成界河至今,两家暂且无大轧。

一城分两厦,城人成群鸭,
商利冲突又誉权纠纷,时为小事闹摩擦。

吠河宽十八,清漪透鱼虾,
流水慢悠傍两岸丛翠,风光旖旎景如画。

小舟或竹筏,稍力渡童娃,
追蝶采蜂或撷叶摘花,两边孩儿常玩耍。

鱼跃声啪啪,鸭游叫嘎嘎,
两岸翠丛点春拨浓情,孩童诗心早蒙发。

官投一门衙,解炎一贤达,
朱丽叶请罗密欧猜题,功过芭蕉名清雅。

投衙有骨架,解炎使清帕,
罗密欧童脑聪明伶俐,想必苏扇自远遐。

秋凉瓣苶拉,春暖又开花,
罗密欧亦题考朱丽叶,花去花来在忙啥?

去时将英撒,来时见株娃,
朱丽叶羞答福自传媒,蜂蝶作媒启蜜码。
　　花浓可品呷,汲香入甘茶,
春天含香花开柠檬白,一花一韵接话茬。
　　晕笑沁纯佳,神致涂玉霞,
少俊罗密欧答朱丽叶,灵魂出巧心美化。
　　朝上露靥颊,姿如酒杯搭,
早春木兰花开身似碟,犹如云朵树上挂。
　　花树如酒吧,赏酒晕红霞,
人生如梦又甜梦令醉,天真烂漫品无瑕。
　　香白小瓣花,炎日身爽煞,
夏末桃金娘树开盛花,人倚树身如居榻。
　　能微开小花,力薄奉心嘉,
闺秀朱丽叶答罗密欧,清廉为公心玉化。
　　花开如铃挂,六朵一簇扎,
长萼杜鹃树花如香雪,洁白香馨拥叶杈。
　　闻铃见车马,六朵为一家,
罗密欧含情答朱丽叶,看似香雪又婚纱。
　　暴雨不停下,滴答又唰唰,
河水暴涨且伊不开闸,河水侵田颇尴尬。
　　贾使请开闸,放水救果瓜,
伊为自保仍不允放水,眼见贾田挨苦煞。
　　几周才雨罢,瓜田成水洼,
百亩瓜落使贾众生愤,喷怨射仇如溃坝。
　　成群挥棍耙,结队举刀锵,
贾府里外一片喊呐声,群情激奋欲讨伐。
　　箭已瞄准靶,千钧在一发,

罗密欧劝亲爹蒙太古,务必抑制不仇发。
　　贾府聚贵达,一致终伤疤,
蒙太古仍令明早开仗,渡河拼命将闸炸。
　　伊众怒剑拔,迎战不惧怕,
朱丽叶责爹凯普莱特,千万不能开恶架。
　　伊方将壕挖,沿河布火崖,
凯普莱特仍令多设障,誓死护闸挡践踏。
　　今夜尤静蛙,明早两星擦,
悲幕降临将生灵涂炭,遍地横尸鬼哭妈。
　　偶有蟋蟀爸,相遇决一霸,
一边斗来一边叫出声,不决胜负不是侠。
　　深水将脖掐,相挽喊逆话,
罗密欧与朱丽叶下河,以死抗争阻恶打。
　　双方受惊吓,双亲心急煞,
一个独子且一个独女,断了嗣后还图啥!
　　鱼肚天上爬,微亮见鼻颊,
威风凛凛又毛骨悚然,箭剑雪亮两阵架。
　　一面来劝架,一面护姻佳,
教士劳伦斯偕同约翰,各执法杖叫开话。
　　侵轧命如鸭,不如挽姻霞!
新主就是河中俩姻佳,合二为一将怨抹。
　　姻将红线拿,双士不停话,
两阵怒众却无动于衷,箭对剑指心绑架。
　　悲幕如天塌,多人救姻佳,
陛下卫队急赶至河岸,力遏双方续恶煞。
　　陛下允早嫁,赐璧授绛匣,
罗密欧娶朱丽叶为妻,两个怨嗣成一家。

受洗披婚纱,一路见踢踏,
百姓夹道且兴高采烈,烟消云散见虹霞。
　　两孩曾劝架,为何还开打?
霸念不灭又亡人为快,世间仍存邪恶诈。
　　文评蟋蟀爸,好斗为私家,
公平正义幸植于民心,吉人天相出奇葩。
　　树草不容轧,蜂蝶不可杀,
共驻地球且互相依赖,命运共同本一家。
　　人海无凶鲨,村甸绝虎霸,
不走极端且弃恶扬善,人间盛开钟和花。

2015 年 2 月 18 日

小史勒密尔传词

浪乘波踏,船行如鲨,学子眺见灯塔。
学子乃史勒密尔之孙儿,舷内正瞅泊达。
阳光近洒,温暖愈加,风景宏丽如画。
教授介绍他来非洲勘察,完备论文题答。
旅馆简榻,阁板踢踏,见床极感疲乏。
翌早整衣又带上介绍信,问对门牌号码。
别墅馨花,夫人如妈,贤人约翰接洽。
看过介绍信后即打电话,催人开车启驾。
粮水蔬瓜,锅盆齐裕,一路解说不差。
向导托马斯来非洲五年,地熟路通不岔。
大漠丘沙,丛林草洼,大观迁徙牛马。
万种动植物构成生物链,原生态霞美煞。
百日如眨,环程返家,约翰问这问那。
几日后学子递过论文稿,征求贤人赐华。
发展规划,千年大厦,颈在能源开发。
约翰将稿仔细看过三遍,赞为非洲梦甲。
昼长煜辣,劲光直达,太阳能将电发。
太阳能光电板转光为电,源源供而不罢。
四面环海,先得奇葩,海水提氢新佳。
电极逸氢又气液颗粒状,燃氢取而无闸。
石油有阀,限量高价,终日忧之贫乏。
油氢混合燃料供给发电,大可减少尴尬。
煤有尘渣,排放受罚,库减令人惊讶。
煤氢混合燃料供给发电,蓝天白云不抹。

高脂植物,富油极煞,月月播收潇洒。
植物油与氢粒混合发电,地上油田开花。

四牛一组,四组齐拉,百牛接力犁耙。
牛马骡共为发电作贡献,草场电场同画。
贤人看罢,多找话茬,女儿方妮插话。
方妮陪学子逛街生恋情,交换信址心码。
码头人轧,缆解船发,多种喊声混杂。
船上学子挥手朝向约翰,方妮心生牵挂。

       2015 年 10 月 3 日

唐璜二次赴宴传词

高秋爽风,金田黍芬,一条碧河清澄。
托尔穆斯河涓涓载行舟,桥上马车赶程。
咖座露篷,商店荣盛,街市典雅气氛。
伐拉多利德街行人穿梭,一辆马车停乘。
素装着身,掩帅隐神,走步露出坚韧。
唐璜谒师赴宴邸前叩门,门开扑面笑闻。
贤师优生,济济熙雯,开宴先敬师恩。
法官兼教授纳瓦罗提醒,请拿约题回斟。
师生勤奋,科题纷呈,五年前毕业分。
萨拉曼卡大学浓浓学氛,法学班级犹甚。
教授笔耕,法理明升,社会法治新生。
撰专著正亟待一线抒真,亲聆玉职学生。
官前纯真,官后贪萌,糖弹面前败阵。
利欲熏心使人崇德不再,璞玉留下疵痕。
富贵迎奉,心态失衡,理智底线下沉。
意志薄弱以致丢魂落魄,就范污吏贪们。
新官上任,贪们眼冷,套法备有几本。
暗馈重礼又使美人诱惑,软硬兼施叠更。
首次心怦,多次不吭,熟来当馐作羹。
潜规则加变幻巧施手段,老贪始于新嫩。
转移账本,迂回套珍,贪心愈发涨迸。
对议正者施报复穿小鞋,心理扭曲忘本。
理想冻冷,抱负按镇,歪斜之说安神。
从此降与贪们称兄道弟,自贬为下品人。

榥窗掩声,渔网遮尘,人们早有耳闻。
公共财产尽遭流失瓜分,百姓心灰意冷。

柳岸市镇,清官参政,心有玉镇玉称。
尽扫贪们连同大小个群,生产生活鼎盛。
事有因根,全系脑宸,玉笋播于童庚。
立法建制又兴文化传媒,分明是非爱憎。
公平公正,形如桌掌,失而酒泼宴分。
玉前玉后教育古有牌词,洁流清懿荷芬。

2015 年 10 月 23 日

卡内汉传词

旱涝保收,同工同酬,阿杰梅尔甜畴。
开放之地因引贤而崛起,卡内汉名远秀。
纷争结仇,混战不休,酋长菲什堪忧。
商与迪尔沃思又克尔根,聘卡内汉智优。
贤人牵袖,解冬撷柳,铁腕人物齐侔。
卡菲里斯坦市厅会巨头,大桌如同圆球。
锋犁铁牛,兵马抖擞,实力超级雄厚。
白沙瓦酋长语硬气贯斗,吾方言权先筹。
贵俗佳酎,矿金丰厚,姑娘美如仙后。
阿香格酋长亮嗓带婉柔,吾方尊容先瞅。
神兵如豆,固城碾跺,所向二旗不留。
贾格达拉克酋长脸如板,吾方利益先谋。
诸位元首,难得一凑,梦儿今起不蹴。
先就三题而同意者举手,卡内汉启哲口。
截河砸缶,不施济稠,如此品行应否。
大家相瞥一致轻松举手,贤人一题全勾。
丰衣足饶,居逸眷绉,世无天生好斗。
众人思片刻又先后举手,贤人二题全勾。
文化强授,自肥人瘦,霸瘾独占地球。
各位互窥但却无人举手,贤人三题无勾。
先知先酬,先得利馓,一时誉为业秀。
援助传授又施互利共赢,与贫弱相携手。
燕禾邂逅,相赏互佑,悠在天际田畴。
颉颃矫健媲美青颖金穗,以胜怡心悦眸。

蹂躏内疚，侵轧血流，受欺自有天救。
兵强乃维护和平之希望，不为狂戮滥囚。

互利易友，共赢揾袖，远朋近邻挽留。
和平之玉婧已佳入豆蔻，风雨共同绸缪。
字字力道，条条理透，协议书上联肘。
酋长迪尔沃思甚赞议书，克尔根敬斟酒。
光子赳赳，大地金髹，十时太阳当头。
茵地上菲什言与卡内汉，此可谓大阳谋。

2015年10月15日

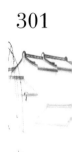

《嫫娜娃娜》传词

十万士将,战车百辆,铁甲金戈铿锵。
弗罗伦斯军队围城欲攻,势如破竹浩荡。
三万士将,御志高昂,唯有主帅怯场。
比萨城守军主帅唤娃娜,跪请出城求降。
白皙修长,眉眼丽靓,善哲又能翩唱。
美人嫫娜娃娜艳惊四方,统领指叙一场。
美人专访,本可揾裳,不料狠令关窗。
统领布令趣娃儿语叹息,议会下死令状。
主帅求降,吾心依亮,存有劝退奢望。
统领惊愕即请娃娜说来,娃娜娓娓不慌。
十万围场,开戮背阳,比萨将得天相。
强疲恙弱将呈现三节点,每节点转机藏。
相投工场,互设商场,工贸紧密如网。
比萨与威尼斯等往来久,命运同衰共昌。
娓娓哲芒,攻景不朗,统领出剑彷徨。
委员脱力乌计哦逼统领,勿陷美人迷惘。
委员令犟,副官言狂,无奈举剑断桨。
统领上马发号攻城开始,万箭火弹齐放。
三千骓骠,护器送粮,神勇犹如天降。
威尼斯派精兵入城支援,比萨如添翅膀。
箭发躯仰,弹飞体躺,上下一片火光。
弗罗伦斯犯军攻城不下,三天恶梦一场。
夜幕刚降,灼箭攻帐,不得睡够力扬。
三千骑兵昼卧夜起发威,敌阵蔓延踉跄。

三万死伤,气温骤降,,气怒如割血淌。
　　忽报威尼斯又派兵八千,左翼猛烈开仗。

　　五万死伤,攻城不祥,统领神失慌张。
　　又报西班牙德意志反戈,两军右翼开仗。
　　副官哭丧,委员躲藏,折损七万士将。
　　统领跪请娃娜回城求和,美人劝慰允让。
　　比萨门敞,主帅喉亮,犯兵请退籍疆!
　　统领重书友词帖并盖章,谢过娃娜哲芒。

　　　　　　　　　2015年10月27日

甘文华怀词

　　僵坐难耐脊股,稍享烟袋茶壶。
老渔工重新回坐摆姿势,略躬胸骨,矍铄神笃。
　　惟妙透析质璞,惟肖亮见淳朴。
老板独生女淑贞正画像,神态专注,动笔有素。
　　海边瞭塔高矗,望远镜里桅突。
塔杆上挂起红球报喜讯,村民涌出,堤岸拥堵。
　　礼堂满座编组,聚集长工新雇。
包老板台上动情致贺词,全体返埠,安然恙无。
　　旧船难聘缺雇,老弱不得不服。
吾今体弱劲力不如当年,该退为傅,扶持新主。
　　甘文华有文腹,胜任新主莫属。
帐房书记文华受请上台,先谢恩扶,后词盼顾。
　　范家镇多修木,马家镇多司炉。
公司幸挽两镇人力资源,互帮互助,优势互补。
　　旧渔以船为主,忽视渔场养护。
小环境与大环境相辅成,鱼池相顾,山亭互慕。
　　一五规划起步,十船编为一组。
每组增添一艘大船为母,粮水充足,不惧浪雾。
　　船礁灯标立竖,查禁罟网捞捕。
恳请白门湾水警局支持,夏时鱼孵,封港禁捕。
　　提升进入二五,铁制大船为母。
船组使用局域无线电话,减少事故,渔作如牧。
　　增加灯标点数,昼夜方向可目。
二请水警局联系海事部,再引新族,无线信柱。

飞跃跨入三五,大小铁船编组。
船船安装雷达避让系统,海面似陆,相遇让路。

　　气象无线发布,海上接收函书。
三请水警设海上气象台,预知风速,先晓浪雾。
　　三个五年盼顾,激活人心梦酷。
包老板笑告明日举婚礼,贤文佳淑,喜结夫妇。
　　鞭炮彩灯字福,欢天喜地恭祝。
文华淑贞穿红戴花盖头,礼拜父母,敬斟受福。

　　　　　　2015 年 10 月 29 日

高家春游怀词

　　阊门高爷五十,齐门高爷庚似。
自从诗词年会相识,频约相揖,愈发亲密。
　　阊爷贺寿举事,齐爷提游留忆。
阊爷享有名篇绝词,斟酌先逆,换位忖思。
　　子女鬓仆济济,一路笑声熙熙。
五辆骈骏形势浩荡,响铃谐蹄,吆喝鞭励。
　　盘门渐渐远离,出城马走景移。
合家春游青山绿水,清香扑鼻,神畅心怡。
　　先入东山佳地,身与山水相依。
阊爷携嗣三子一女,先爷后嗣,即兴作词。
　　东山扬文悠史,仙峰赋名莫厘。
探太湖犹如蹲碧螺,果茶馨世,鱼虾誉籍。
　　田田青禾稻米,沼沼壮苗渔殖。
耕肥犁沃阡陌井然,瓜蔬茁势,金花油籽。
　　白沙枇杷玉质,碧螺春茶淑气。
坡上枇杷杨梅桃桔,红土茗衣,茶果香溢。
　　太湖万顷碧漪,帆影点点遥及。
鱼虾三白点餐美食,蟹香菊时,客车络绎。
　　粉墙黛瓦栉比,脊檐翘楚寓吉。
棂窗庭阖楼房典式,鸟鸣馨弥,安居清逸。
　　后访木渎御地,古镇情朴风慈。
齐爷携嗣三女一子,先爷后嗣,即兴作词。
　　古街店铺鳞次,旗幌招展兴市。
小桥流水游客如织,流觞着绮,攘攘熙熙。

谒步榜眼府第,书香熏陶应起。
先臣撰著为国为民,呕心沥血,竭睿尽力。
　　古松园里酿诗,羡园山房哺词。
至学登科人生鸿启,入贤进仕,为国效力。
　　亭桥镌名西施,拜故沈寿绣姨。
御码头边乘船玩水,摇橹摆楫,歌伴香溪。
　　茶馆品茗省理,闻香陶情冶致。
乾生元饼枣泥松子,看罢昆戏,又听弹词。

2015 年 8 月 16 日

学生盖茨议词

卧婴喜晃摇篮,木马代步摆玩,好动奕焕。
　西雅图一别墅里孵金蛋,破壳亮寰。
玩具拆装熟练,棋出惊子令赞,记忆强健。
　母亲玛丽训导整衣礼节,金儿规范。
一流科技博览,孩提拓开视眼,父严学前。
　一次抵母训遭父泼冷水,金儿收敛。
复述首尾完衔,释理独到树见,聪慧突现。
　教师杜格尔盼高小盖茨,凌湖鹭展。
足球场上一员,加入合作训练,协同攻坚。
　小学时金儿已养成执着,秉全局观。
数学可谓偏袒,难题如同佳餐,滴水石穿。
　金儿数学比赛常列第一,冠名领先。
誉语当作活泉,不骄转而扩展,惠及自然。
　金儿钟爱阅读百科全书,阅趣盎然。
整理书籍课闲,换取多借随翻,阅历殷满。
　去图书馆帮工享得博识,科技铺垫。
湖滨中学教严,掘发学智深潜,模式新鲜。
　计算机老师边教边示演,真机操练。
学及编程语言,尖子嗅觉敏感,软件风掀。
　真机昂贵而学子们轮换,号编程员。
测试先得经验,电脑公司肯点,相看另眼。
　为交通公司财税表编程,初试赏甜。
报酬投作起点,激发更大志愿,步高怀远。
　金儿盖茨与艾伦开公司,诞生微软。

哈弗大学荣编,高等学府知殿,名校名旦。

盖茨边读书边设计软件,导斯修缮。

彩屏鼠标键盘,又闻超级芯片,硬件齐全。

原始导斯系统软件呈烦,隔广离泛。

天穹忽开窗扇,盖茨突发灵感,人机界面。

创新创业招唤金辈跃出,辍学试探。

幸步鸿程及远,邂逅机遇相挽,事如人愿。

盖茨升级窗口系统软件,友好方便。

2015 年 11 月 4 日

马斯诺娃茶词

六十巾帼,寿宴张罗,库兹明斯科耶庄园摆桌。
　　亲朋入席右座,好友上位靠左。
宴启开锅,熙将词措,母亲伊万诺娜笑谢大伙。
　　先请品茶饮啜,以茶代酒佳酌。
茶词对说,乐趣绰绰,此茶乃中国东山碧春螺。
　　诸位先开茶说,小姐巧借词措。
书如玉帛,从学识扩,养女小姐马斯诺娃词阔。
　　喜赏茶词现作,吾今乐中得祚。
私魅攥魄,哲策受挫,政治家西蒙松先开茶说。
　　我为人人挑箩,人人扶我洒脱。
权钱婆娑,难抵诱惑,高誉法官法纳林开茶说。
　　清门正庭玉锁,淑贤玉心不挪。
以强欺弱,开仗紧锣,军官科尔恰金亦开茶说。
　　有三足鼎立说,第三方可抑祸。
重马轻骡,筛漏奇果,中学女教师米西开茶说。
　　伯乐也有差错,甄才贯穿始末。
开发愈多,挥霍愈多,科学家聂赫柳多夫开说。
　　不竭之源将获,资源再生可掇。
看病着魔,越看越弱,资深医师谢列宁开茶说。
　　听诊处方不错,锻炼调理同说。
生意利索,亏本不做,商人拉戈仁斯基开茶说。
　　建信生意不索,平路马车捷趖。
尚作名烁,哗品利多,著名作家瓦西里开茶说。
　　尚作同存山泊,秀名千年不落。

延任辅佐,甘当骆驼,官员马斯连尼科夫开说。
　　称赞为信得过,可惜少赏虓虓。
时境迁泊,旧念依跛,马斯连尼科夫二开茶说。
　　与时俱进切磋,哲策创新梦驳。
只顾运驳,情致飘泊,政治家西蒙松二开茶说。
　　奕神源自文硕,文化实乃族魄。
新戏冷座,旧戏热座,杰出演员柯察金开茶说。
　　传统注入新作,旧戏微显时卓。
文化饯果,好赏尽裹,作家瓦西里二次开茶说。
　　留精华去糟粕,文化修炼不睐。
贫子哆嗦,举试无握,女教师米西二次开茶说。
　　公平公正广播,教育视为金模。
贪垢难濯,劝廉艰卓,政治家西蒙松三开茶说。
　　蚂蚁搬家空舶,全身染于指破。
花品几朵,赏客稀络,拉戈仁斯基二次开茶说。
　　生产多元制货,商机多向择掇。
鱼儿鲅鲅,溪涧虓虓,医师谢列宁二次开茶说。
　　谒淑贤拜媪伯,知足者姿婀娜。
大小域国,不战不索,军官科尔恰金二开茶说。
　　荡漾碧漪和波,风行睦手相握。
开接词措,韵比花朵,开词着时而措词涵广博。
　　小姐廿五慧卓,继承庄园可托。
心明丽绰,小女玉琢,诸淑贤可为小女作媒妁。
　　良辰缔结丝萝,吾乐抱孙为婆。

2015 年 11 月 6 日

祥子记词

布鞋硕面,裤长扎带包车可篷新帘。
拉客飞跑步健有力,骆驼祥子亮眼。
北平古严,入城蹲店,十八岁正青年。
父母早亡只身闯荡,暂栖车行听遣。
勤人偕俭,不觉荏苒,五年积蓄渐渐。
祥子够攒买下新车,不凭包月快赚。
成熟干练,面净心善,敦厚引来慕羡。
车行业主刘爷之女,关注祥子进展。
大嗓大眼,指巧珠算,车行里外助管。
刘爷之女人称虎妞,接单又使派遣。
刘爷病顽,祥驮医院,愈后摆酒谢宴。
偶尔祥子高烧不退,妞使请医敷煎。
爱巢燕衔,恋池蜜淹,车行犹如港湾。
终于成双跪拜刘爷,允俩完结姻缘。
家贫寒酸,文穷形单,结发将陷苦难。
刘爷衷告女儿细想,女儿却拗嫁愿。
鞭炮酒宴,友邻闹巅,彩挂四合大院。
披红拜爹又敬母灵,送入洞房美嬿。
妊娠接连,褟褓备三,福儿珍儿顺产。
刘爷抱婴愉悦格外,命赋此可落款。
风云多变,霹雳晴天,三胎厄遭难产。
接生无力送医已晚,母子命将归天。
临终欲言,帖耳肯首,语毕嘴角露婉。
让吾儿读书读好书,刻骨铭心绝言。

闭行揽家,幼儿日焕,已到上学龄年。
以车至学早送晚接,几趟散座乘闲。

常客多见,说话方便,可问可请指点。
问怎样才能读好书?大都摇头茫然。
不同遗传,造就雀雁,吕玉教师明鉴。
读好书关键在书目,玉递书目亲勉。
购书照单,熟篇明遍,丰获真智卓见。
哥妹考入清华北大,告慰仙母夙愿。

      2015 年 8 月 12 日

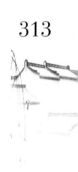

吴敏达长体清懿诗体韵表

序号	韵母	韵字	规则
1	i	衣	
2	ui,ei	捶,背	
3	u	姑	
4	ai	爱	
5	ao	奥	1. 通篇的用词成句必须遵守清懿原则,干净、高尚。
6	uo,o	多,波	2. 四句为一节,整篇总节数为8~80,总节数是4的倍数。
7	in,ing	丁,丙	
8	ong	东	
9	an	安	3. 采用绝句与律句等多种形式,在格律上遵循自然法则,不严格,不强律。
10	ang	昂	
11	un,en	论,文	4. 通篇必须一韵到底,不得转韵。
12	en,eng	文,生	5. 坚持以表述第一的原则,词意和句意必须清楚、明白、正确。
13	ou,iu	寿,酒	
14	a	瓜	6. 修饰上可采用传统手法,但不苛求。
15	ie,ue,ye,ei	爹,学,爷,背	
16	v	鱼	
17	e	歌	
18	vn,in	云,丁	
19	vn,un	云,论	

作者小传

我1957年6月28日生于上海，家住上海市大木桥路江南一村5号10室，曾就读于上海江南新村小学，继读于上海南洋中学。1974年中学毕业后去农场工作，在上海星火农场汽车齿轮厂当模具工。1983年返沪工作，先在上海铸造三厂（原上海红雷铸造厂）当操作工，1986年后又在上海江南造船厂当电工。2003年被调去江南造船厂技校，任电工实习教师。

文学上，我曾在20世纪90年代参加并通过了业余高中文科班的学习与毕业考试，还曾参加过大专班语文单科的考试，不过没有及格。

我的文学修养与功底，主要来自于江南新村小学的语文老师胡蝶（女）和南洋中学的语文老师金檀。记得金檀老师还常把我的作文贴在教室黑板旁展示。我的语文特长是散文写作，我的诗作也得益于此。

我的父亲吴世范，今年已86岁高龄，是苏州东山人，曾做过会计老师。我的母亲陈雨晴，今年也已81岁，是江苏海门人。我的爱人张雅芬，今年60岁，做会计工作。我的女儿吴思敏，今年29岁，是硕士毕业，现在德国一家财务公司工作。

2016年7月20日

后　记

　　《钟灵毓秀》的出版，首先要感谢的是苏州大学出版社。该出版社依托苏州大学的人文资源，人才荟萃，文韵深厚，思路前瞻，鉴力精准，辨力清晰，工作态度又是和蔼可亲，这使我感到幸运。

　　其次要感谢的是，该出版社的大众图书部策划编辑刘海老师。刘海老师从一开始就给予我很大的支持和鼓励，对于我分批送去的稿子，认真审阅，仔细斟酌，还不时地向我提出修改的建议，使我逐渐增强了出版的信心。

　　《钟灵毓秀》诗集可当作闺秀的陪嫁本、新郎的颐情卷、学童的课外读、媪翁的甜心茶、婧淑的卓韵餐和少贤的高愫酒。

　　《钟灵毓秀》能够顺利出版，既要归功于苏州大学出版社的大力支持，更要归功于中华传统文化的传世魅力。望广大读者能喜爱《钟灵毓秀》，珍藏《钟灵毓秀》。

吴敏达

2016 年 9 月 28 日